12か月の本

4月の本

中井英夫・村山槐多・鏑木清方　ほか著
西崎 憲 編

国書刊行会

目次

4月の本

春《はる》の粧《よそほひ》の濃《こ》き淡《うす》き、朝夕《あさゆふ》の霞《かすみ》の色《いろ》は、消《き》ゆるにあらず、晴《は》るゝにあらず、桃《もも》の露《つゆ》、花《はな》の香《か》に、且《か》つ解《と》け且《か》つ結《むす》びて、水《みづ》にも地《つち》にも靡《なび》くにこそ、或《あるひ》は海棠《かいだう》の雨《あめ》となり、或《あるひ》は松《まつ》の朧《おぼろ》となる。山吹《やまぶき》の背戸《せど》、柳《やなぎ》の軒《のき》、白鵝《はくが》遊《あそ》び、鸚鵡《あうむ》唄《うた》ふや、瀬《せ》を行《ゆ》く筏《いかだ》は燕《つばめ》の如《ごと》く、燕《つばめ》は筏《いかだ》にも似《に》たるかな。銀鞍《ぎんあん》の少年《せうねん》、玉駕《ぎよくが》の佳姫《かき》、ともに恍惚《くわうこつ》として陽《ひ》の闌《たけなは》なる時《とき》、陽炎《かげろふ》の帳《とばり》静《しづか》なる裡《うち》に、木蓮《もくれん》の花一《はなひと》つ一《ひと》つ皆《みな》乳房《ちち》の如《ごと》き恋《こひ》を含《ふく》む。

泉鏡花「月令十二態」より「四月」（『婦女界』一九二〇・四）

春　昼

太宰治

四月十一日。

甲府のまちはずれに仮の住居をいとなみ、早く東京へ帰住したく、つとめていても、なかなかままにならず、もう、半年ちかく経ってしまった。けさは上天気ゆえ、家内と妹を連れて、武田神社へ、桜を見に行く。母をも誘ったのであるが、母は、おなかの工合《ぐあ》い悪く留守。武田神社は、武田信玄を祭ってあって、毎年、四月十二日に大祭があり、そのころには、ちょうど境内の桜が満開なのである。四月十二日は、信玄が生れた日だとか、死んだ日だとか、家内も妹も仔細らしく説明して呉《く》れるのだが、私には、それが怪しく思われる。サクラの満開の日と、生れた日と、こんなにピッタリ合うなんて、なんだか、怪しい。話がうますぎると思う。神主さんの、からくりではないかとさえ、疑いたくなるのである。

桜は、こぼれるように咲いていた。

「散らず、散らずみ。」

「いや、散りず、散りずみ。」

「ちがいます。散りみ、散り、みず。」

みんな笑った。

お祭りのまえの日、というものは、清潔で若々しく、しんと緊張していていいものだ。境内は、塵《ちり》一つとどめず掃き清められていた。

「展覧会の招待日みたいだ。きょう来て、いいことをしたね。」

「あたし、桜を見ていると、蛙の卵の、あのかたまりを思い出して、――」家内は、無風流である。

「それは、いけないね。くるしいだろうね。」

「ええ、とても。困ってしまうの。なるべく思い出さないようにしているのですけれど。いちど、でも、あの卵のかたまりを見ちゃったので、――離れないの。」

「僕は、食塩の山を思い出すのだが。」これも、あまり風流とは、言えない。

「蛙の卵よりは、いいのね。」妹が意見を述べる。「あたしは、真白い半紙を思い出す。だって、桜には、においがちっとも無いのだもの。」

においが有るか無いか、立ちどまって、ちょっと静かにしていたら、においより先に、あぶの羽音が聞えて来た。

蜜蜂の羽音かも知れない。

四月十一日の春昼。

（『月刊文章』一九三九・六）

四　月

北川冬彦

さかさに映る
花ある枝々の影は
魚のうごきに　乱されて
ゆがむ青空と
たわむれ
たわむれ
魚は
水の中で　うっとり口を開けて
桜いろの光線を　飲み込んだ

（『馬と風景』時間社、一九五二・四）

四月の蕾

獅子文六

木曜の古典劇マネチエの開演中で、彼女の楽屋の窓に、明るい初夏の空が笑っている。チュイルリィの園から運ばれてくるのか、ほのかに花の馨《かお》りがするようだ。美しき日よ、こんな素晴らしい陽気に、真昼間、黴《かび》の生えた古典劇なぞ見物する間抜者は、まず巴里人《パリーじん》にはいないのだが、御重宝《ちょうほう》なもので、好季節にワンサと押掛けた赤毛布諸君《エトランジェエ》のために、観客席は割れんばかりの大入である。出物《だしもの》は仏国文豪ラシイヌの傑作「フェードル」である。そのフェードルをこの部屋の主人、名女優マダム・Zが相勤めるのである。これはたしかに国の土産になる。

彼女――マダム は巴里よりも田舎に、田舎よりも外国に、名の響いた名女優である。その理由は、ちょうど、遠くで花火が揚《あが》る時の物理的現象と、よく似ている。つまり地元の巴里に於ける彼女の人気は、既に遠い昔に消えてるのだ。なぜと云って、理由は簡単だ。

彼女が老いたからである。四十か、五十か、それとも六十か、ことによったら七十か、世の中に女優の年齢ほど不確定なものはない。要するに、彼女は若くないのである。女優商売、老《おい》ほどつらいものはない。

例えば、今、舞台の方から、万雷のような拍手が響いてきた。あの拍手を起すべく、彼女は一人十フラン宛《ずつ》の「さくら《クラック》」を廻している。その数約二十人。

やがて、ジリジリと閉幕のベルが鳴りだした。あの刹那《せつな》に客席から舞台へ、景気よく投げられる数箇の花束が、やはり彼女の自弁で、これが二百フラン。「さくら」の報酬と合計四百フランというものが、舞台へ立つ度に、彼女の散財となるのだ。やれやれ——だが、彼女は朗かである。論より証拠、王女フェードルの衣裳のまま、悠然と楽屋へ戻ってきた彼女の顔を見給え。まさに百パーセントの好機嫌だ。

——十五回のアンコールだからね。いい加減草臥《くたび》れてしまうよ。

楽屋女中《アビューズ》に衣裳を解かせながら、彼女はほんとに迷惑そうに、眉を顰めるのである。

——それはそれは……今日は大変外国人が多いそうでございますね。

——みんな妾《わたし》を見にくるんだよ。外国人だって、舞台は投げられないからね。妾はお国のために腕一杯演《や》ったよ。これがやっぱり仏蘭西《フランス》共和国の名誉になることだからね。

楽屋女中は少しばかり舌の先を現したが、幸い彼女の眼に止《とま》らなかった。その時、楽屋の扉《と》をノックする者があった。女中が出て行って、一葉の名刺を持ってきた。

——男の方でございます。

——訪問者はみんな断《ことわ》ってくれと云ってるのにねえ。（そう言って、彼女はともかく名刺をみると、「パルトック化粧品商会機密係」と書いてある。フランスで音に響いた大商店である。彼女はふと思い直した）ともかく通しておくれ、五分間だけの約束をしといてね。

女中に導かれて入ってきたのは、およそ化粧品屋の店員に似合しからぬ、武骨な、赭顔《あからがお》の、大きな巡査髭を生やした巨漢だった。彼は牡牛のような顔を、無器用に曲げて頭を下げ、ただ一言云った。

——御免。

——よく楽屋を訪ねて下さったわね。「フェードル」を御覧になって。

——いや。

——じゃあ、近日見物なさりたいと仰有《おっしゃ》るのね、切符が御入用なんでしょう？　よろしいわ。何枚で何曜？　月曜なら沢山あげますよ。

――いや、そういう用向きで上ったわけじゃないです。それに、どちらかというと、私はシネマの方を好いとるです。

――失礼しちゃうわね。忙しいから、用事を早く云って頂戴。

――はあ。

この鋼鉄のような神経の持主らしい男は、不思議にも、乙女のように、モジモジし始めた。よほど切出し憎い用件らしい。

――仰有いよ。まあ、椅子にでも掛けて。

――いや、立ったままの方がいいです、この話は。お怒りになると、いかんですからな。

――あなた、よっぽど初心《うぶ》ね。決して怒らないから、話して御覧なさい。

――はあ、しかし……

――きっとよ。

――そうですか。では申上げます。単刀直入に申上げます。紆余曲折《うよきょくせつ》なしで申上げます。実は私の伺ったのは……(そう云いながら、また彼は口籠《ごも》った)弱るです、切出しにくくて……

――ああ、わかった！(彼女は人示指《ひとさしゆび》を立てて男の鼻の先で動かしながら、色気たっぷりの声で云った）あんたね！　白状なさい！　此間へんな手紙をよこしたのは。「地虫生より」って、匿名《とくめい》で、ラブレターをくれたのは！

——地虫ですって、失礼な！

これは明らかに濡衣《ぬれぎぬ》だとみえて、彼氏は顔を赤くして憤慨した。

——あら、違ってたの、じゃあ誰だろう。

——誰だか知らんです。私は要するに、パルトック商会の機密課附属で、事務上解決困難な場合に乗出して、一挙にカタをつけるのが、役目です。以前は警察に勤務しとった人間です。馬鹿にせんで下さい。

——あら、ご免なさい。じゃあ、どういう御用向き？

——契約に関してです。

——契約？

——「四月の蕾《つぼみ》」の契約に関してです。

ここに於て、流石《さすが》に過去を忘却することの好きな彼女も、やっと思い出した。四月の蕾！　四月の蕾！　それは世界に播布《はんぷ》された、有名なフランス製美身クリームの名である。製造元はパルトック商会で、罎《びん》のレッテルに印刷してある登録商標は、彼女——マダム・

Zの裸体胸像の銅版が用いられてある。その上に、「妾の恋人！　妾の唯一の愛用クリーム」という文句と、彼女のサインまで加えてある。これによって、彼女はパルトック商会から、年に三千フランの御歳暮《おせいぼ》を貰っていた。で、この事実を彼女が殆《ほと》んど忘れちまったというのは、物価暴騰の結果、三千フランの価値が甚だ減少したためばかりでなく、実にこの契約たるや、欧洲戦争を遡《さかのぼ》り、ヒサシ髪の流行時代たる一八九四年に結ばれたからであった。どうも古い話で、本人の記憶が糢糊《もこ》たるのも無理はないのである。

――そこでです。（と、今やすっかり職業的度胸をとり戻したパルトック商会の用心棒氏は、着々として用談に入った）夫人よ、甚だお気の毒な次第ですが、弊商会は夫人との長い間の契約を、改訂する必要に迫られまして、私が伺《うかが》った次第です。

――ああ、あの報酬を減額なさろうというのですね。よござんすとも。あんなもの如何《どう》だって関《かま》やしないんです。私は芸術家で、金銭の女じゃありませんからね。

――いや、値下げの話じゃないです。金額に於ては、非常なる値上げです。三千フランから一躍十万フランの年金に増額したいというのです。

――十万フラン？　まあ！　一体、どんな新製品を売出そうというんです。

――お待ち下さい。十万フランの上に、お望み通りの設計で、贅沢な別荘を一軒、南フランスの景勝の地に建てて差上げます。ですから、是非弊商会の要求を容《い》れて頂きたいのです。

——まあ、南仏に別荘？　なんて素敵なんでしょう。勿論承知しますわ。今度は全身の裸体像にしてもいいわ。で、なんです、新製品は？　お白粉《しろい》？　香水？　それともシャボン？

——お待ち下さい。目下新製品発売の計画はないです。問題はやはり「四月の蕾」に関してです……。夫人よ、もうこうなったら、テキパキ申上げます。ビジネス・イズ・ビジネス……決してお怒りにならんように願いますよ。御承知の通り「四月の蕾」クリームは、弊商会の金の茶釜です。フランス全土のみならず、全欧羅巴《ヨーロッパ》、アメリカ、南米、濠洲、東洋の隅々まで販路をもっています。全世界の人がクリームと云えば「四月の蕾」を思い「四月の蕾」と云えば、夫人よ、貴女の可憐な肖像を入れたあの商標のことを考えるです。

——そうかもしれないわね。

と、彼女は鷹揚《おうよう》に肯《うなず》いた。

——必然的に考えるです、困ったことに……。ご承知のとおり「四月の蕾」は巴里人《パリーじん》よりも地方人、地方人よりも外国人に賞用されるクリームです。ところで、夫人よ、フラン価激落以来、この巴里《パリー》を訪れる外国人のうちで、アメリカ人だけでも、一年にどの位の数だか御存じですか？

――知りませんね。そんなこと。

――二百万人！　最近観光局の調査で、二百万人あるですぞ。夫人よ、彼等はエッフェル塔に上り、ナポレオンの墓に詣《まい》り、それから劇場に行きます。なんのために？　夫人よ、貴女を見るためです。永い間「四月の蕾」のレッテルでお馴染《なじみ》のマダム・Zの実物の顔を見るためです。ところでです。悪いことに、近頃の劇場は、照明装置が進歩して、舞台は真昼のように明るいです。その上に、旅行者は、しばしば双眼鏡の類を観客席へ持込むです。夫人よ、どういう結果を想像されますか！　いや、想像ではない、既に事実です。英語の手紙が、頻々として弊商会に舞い込むです。「三十年間妾《わたし》を騙《だま》した詐欺師《さぎし》のパルトック商会」とか「四月の蕾はよろしく十月の落葉と改名せよ」とか……

――まあ失礼な――

――事実です。厳正な事実です。それはかりではない。夫人は此間アルゼンチンへ巡業なさった。その際、どういう現象が起きたと思われますか。まあ、これを御覧下さい。(彼はポケットから、紙片を出して拡げた）コルドバ、ラプラタ、ブエノス・アイレス等の各地の代理店の売上報告と、夫人が不在中の巴里《パリー》に於ける本店の売上調査に基《もとづ》いて、統計課で厳密に計算したカーブです。

(罫線表に美しく赤青二色で、カーブが書いてある。赤の南米線は、彼女の巡業地を追って、いとも美事な錐揉《きりもみ》下降を示してるが、青の巴里線は、オウトジャイロ式の素晴らしい垂直上昇だ)

夫人よ、これは弊商会にとって、死活の問題です。重役会議は頻々として開かれました。遂にその議決が昨日きまりました。「商標は断じて変更すべからず。但し商標の人間性を永遠性に変える手段を講ずべし」。どうです、夫人、おわかりですか！　商標に皺が寄ったり、色が褪《あ》せたりしない手段をとらなければなりません。裏切者を追払《おっぱら》わなければなりません。あの商標の永遠の青春を留《と》めなければなりません。そうして、断然、裏切者を追払わなければなりません。その方法はただ一つしかないのです。それは、夫人が今後絶対に舞台に立たないことです。そうして、巴里を去って、南仏に隠れて貰うことです。

彼女は初めてこの訪問者の意志を知った。そうして烈火の如く怒った。

——嫌です！　断じて嫌です！　妾は芸術家です、舞台で死ぬんです！

——だから、お怒りにならんようにと、約束をきめておいた筈《はず》ですよ……。夫人よ、冷静に考えて下さい。貴方の最近の人気の状態と、十万フランの年金と、お望み通りの別荘とを冷静に比較して考えて下さい。

――嫌です！　女優を止《や》めることはできません！

――そうですか。お嫌ならよろしい。それなら、弊商会は自衛上、夫人の戸籍謄本《とうほん》を世間に発表して、この年齢の婦人にはいかに強力の美身クリームと雖《いえど》も、効能なき事実を宣伝するほかありません。

これは明らかに威嚇であるが、彼女はキャベツの葉のように青くなった。呪《のろ》われたる生年月日よ！　彼女が今まで苦心惨憺《さんたん》して秘《かく》し了《おわ》らせた真の年齢が世間に発表されたら、嫌でも彼女は自分から舞台を退かねばならないのである。

――悪者！　恥知らず！　おお、なんと不幸な妾《わたし》よ！

彼女はもの狂おしく立上って、永年鍛錬された美事な身振りで、双手をあげたまま崩れるようにテーブルに突伏《つっぷ》した。そうして背を波打たせて泣き始めた。なんという腸《はらわた》を絞るような声だろう。なんという悲劇的な瞬間だろう。恐らくパルトック商会は、予《あらかじ》めかかる結果を想像して、ロボットの如く無神経な用心棒氏を差向けたに相違ないのである。

万事休す！　パルトック商会は劇評家はおろか、衆議院議員まで買収している大勢力である。日没の女優たる彼女がこれに対抗するのは蟷螂《とうろう》の斧《おの》だ。いずれにしても、早晩劇壇を引退せねばならぬことは、彼女自身が最もよく知っていた。年額一〇〇〇〇〇フラン
――毎月八三三三フランの生活……家賃なしの瀟洒《しょうしゃ》な別荘……。考えてみれば、どうもここらがよい見切り時ではあるまいか。

――せめて一年だけ猶予して下さい。

彼女は弱々しい声で云った。

――断然いけません。事情は切迫しとるです。契約は明日から履行して頂きたいです。

――地方巡業だけでも……。

――夫人よ、諦《あきら》めをよくして下さい。

刀折れ、矢尽きた末、彼女は云った。

――じゃあ、別荘は塔造りにして下さい。それから窓は綺麗な色ガラスにしてね。

――お安い御用です。必ず履行します。では、ちょいと一筆……。

用心棒氏はホッと胸撫ぜ下《おろ》して、折鞄から契約書を取り出した。「今後一切劇場の舞台へ立ち申さず候」という最後の行の下に、彼女は思い切って、署名した。

――では夫人、お邪魔を致しました。

彼は手を差出したが、彼女は威厳を以てそれに答えなかった。男が出てゆくと、流石《さすが》に彼女は悲しかった。両面鏡、牡丹刷毛《ぼたんばけ》、ドオラン、パウダー……数十年の楽屋の友が、今や彼女に送別の歌をうたってるのだ。生涯の三分の二を占めた生活と、別離の瞬間なのだ。――悲しくなうてなんとしょうぞ。此時彼女の眼に光った涙こそ、正真正銘、商売気を放《はな》れた涙だった。が、悲しい沈黙は、突然、恐ろしく威勢のいいノックの音で破られた。

――マダム！　乱暴《らんぼう》な外国人《がいこくじん》が、名刺《めいし》も出《だ》さないで、面会《めんかい》を求《もと》めています！

楽屋女中は慌《あわ》てて飛んできた。この悲しみのなかに、彼女は勿論、見知らぬ客なぞに会いたくはなかった。しかし面会を謝絶する前に、不作法な紳士は、既に扉《と》を開けて、楽屋に足を踏み入れた。

――非常に失礼。非常に急ぐです、御免下さい。

一見アメリカ商人型のその男は、強い訛《なまり》ながら、明瞭にフランス語を喋《しゃ》べった。

――非常に急ぐです。契約をして下さい。

――契約？（またか！　と彼女は心に叫んだ）一体あなたは誰です。なんの契約です。

――私の名前は世界中の人間が知っています。私の通称だけを申上げましょう。「ハリウッド王」と云います。わかりましたか。私の社のフィルムに出演して下さい、すぐ契約して下さい。

――まあ、そう急に仰有ってもわかりません。一体どんな映画です。

――「四月の蕾です」

――え？　？　？

彼女は目を丸くして度を失った。化粧品が映画になるとはどういう世の中だ。

――簡単に説明しましょう。ハリウッドは目下、飢饉です。甚だしきシナリオの飢饉です。アメリカ中を尋ねても、よいシナリオは払底《ふってい》になりました。そこで私は、一週間の予定で欧羅巴《ヨーロッパ》へシナリオを探しにきたのです。フランスに於て、私は既に、二百のシナリオを読みました。みんな愚作です。みんな良人《おっと》、妻、情人の三角関係！　そんな平凡な、単調なシナリオは駄目です。私達は、もっとエロチックで、精神分析的で、奇想天外な筋を探してるのです。ところが、私は偶然貴女の演ずる「フェードル」を観たです！　脚本はなっておらん。しかし実に素晴らしい筋だ。エロチックです！　貴族的です！　精神分析的です！　これこそ探していたシナリオです！　そこで私は、早速秘書に作者ラシイヌ氏へ電話をかけさせたです。

——まあ、なんですって?

——すると、ラシイヌ氏は、既に十七世紀に死んどるそうです。結構じゃないですか。原作料を一文《いちもん》も払う必要がない。早速ハリウッドへ電報を打って、撮影に大《おおい》に金をかけるように、準備開始を命じて置きました。しかし、此処《ここ》に一つの困難がある。即ち、題名が面白くないです。「フェードル」なんて、およそ意味ないじゃありませんか。アメリカの公衆は、そんな無意味な題名を喜ばんです。そこで本社と電報で相談の結果、やっと昨夜、題名がきまったです。「フェードル」改め「四月の蕾」です! 「四月の蕾」なら、万人の耳に熟してるですよ。例のクリームのお蔭でね。その上、非常に詩的な、そうしてロマンチックな題名です。断然これにきめました。どうです、夫人、是非出演して下さい。「四月の蕾」の女主人公を演《や》る女優は、貴女を措《お》いて、世界中に一人もありません。貴女は「四月の蕾」クリームの看板娘じゃありませんか。

——でも、妾《わたし》、駄目です。契約があるんです。

——破棄しなさい。私が違約金を払います。

——十万フランの終身年金ですよ。それに、別荘が一軒。

——私が五十万払ったらいいでしょう。

――シネマに出たら、新聞は妾を総攻撃します。

――すべての新聞を買収すればいいよ。それに、私は貴女と五ケ年の契約を結びます。五ケ年後には、全世界の芝居は完全に滅亡するです。シネマの天下になるです。そうしてフランスの映画事業は、悉《ことごと》くアメリカの手に帰《き》するです。

――妾は（暫時《ざんじ》考えてから彼女は云った）貴方の申出《もうしで》を、本気に信じていいでしょうか。

――夫人よ、私は「ハリウッド王」です。

アメリカ人は頼もしく、大きな唇を結んだ。最早躊躇《ちゅうちょ》する時ではない。契約が結ばれた。同じ日の一時間内に、彼女は二度の重大なる署名をした。その何《い》れもが「四月の蕾」に就《つ》いてであろうとは！

――今夜一緒に晩餐を喰べる約束をして下さい。祝杯を挙げます。委《くわ》しいことは其時お話ししますが、イポリットの役――あのスマアトな青年は、ラモン・ナヴァロを使います。それから「ベン・ハア」の中のように、戦車《シャアル》の競走の場面は、是非入れたいです。その他、火事と怒濤《どとう》と怪獣を活躍させます。最後の場面は、無論逆光線のクローズ・アップで、フエードルの接吻を以て終ります。（おお、なんと呪われたラシイヌよ！）

ハリウッド王の帰った後で、彼女は秋晴一碧《しゅうせいいっぺき》の朗かさに帰った。

慧《さか》しくも彼女は、パルトック商会の契約の不備を知って、ハリウッド王の契約に応じたのだ。

「今後一切劇場の舞台に立ち不申候《もうさずそうろう》」という文句は、決して銀幕に現れることを禁じていないではないか。

彼女はハリウッドで五十万フラン稼ぎつつ、パルトック商会の十万フランを取得する権利を失いはしないのだ。これ以上の見事な復讐《ふくしゅう》があるだろうか。佳《よ》い哉《かな》、四月の蕾！　どっちの枝に咲いても、美しき薔薇《ばら》は彼女の幸福のために、永遠に笑いかけてくれる！

——妾は近いうちに、アメリカへ行くよ。

身繕《みづくろ》いを助けにきた楽屋女中に、彼女は最大級の好機嫌で云った。

——まあアメリカへですって？

——妾も行きたくはないさ。でも、興行師のいうことは、聞いとくものだよ。妾もまだ未来のある体だからね！

《本篇は、ジムメルの一幕喜劇を小説体に書き直せるもの。》

（『新青年』一九三二・一二）

鷗外先生の墓に詣づるの記

日夏耿之介

昭和十四年己卯四月念九。天長節。

祝日が好天であると、日本中が明るくなつてうれしい。朝、ラヂオの号令に従つて謹《つつしん》で聖寿の万歳を頌《しよう》し奉り、王克敏《わうこくびん》氏の祝辞は聞きかけたまゝ、洋服に着更へ山妻を拉《らつ》して、三鷹禅林寺なる故鷗外森先生の御墓に詣でた。近いからいつでも行かれると考へてゐる内に六年病臥の大患に臥し、快気してけふ始めてゆくりなく宿志を貫くのである。明治大正各部面の群雄中での究竟頂《くつきやうちやう》であるこの文豪（此二文字は今日極めて廉《やす》ぽく使はれて了《しま》つて受負の親方見たやうな男まで俗文字を弄《ろう》してこの名を受用してゐるが、私はこの人以外には未だ決して使用しない）の御墓を、けふの佳節に省《かへりみ》ることは、何となくふさはしいと自ら考へた。

三鷹駅に降りて助役らしい人に訊《き》くと、丁寧に方角を教へてくれた。空には薄雲らしいものもうつすりあるが、日射しはつよくて、極めて暑くなるらしい初夏のけはひである。途中の田舎びた店で蜜柑やパンを求めて、長閑《のど》かな駅前通を真直《まつす》ぐに南へ南へとゆつくりと歩いてゆく。出征を送る軍歌がどことなく聞え、観兵式の状況放送のラヂオが巷頭に流れ出る。田舎町なので、一入《ひとしほ》それがのんびりと平和な空気をかもし出す。小さい石橋の辺までは知つてゐるが、それからさきは未知の町である。東京生活では、知らぬ町へ入り込むと、忽《たちま》ち他県へ這入り込んだやうな異邦感情を持たされて心持ちが鮮《あた》らしくなる。畑と家とを斑《まだ》らに交へた五六丁程を歩いて、男女川家所有地などある立札を右に見て、やがて衝《つ》き当ると片倉の運動場があり、右に曲つて一軒の店屋の娘について訊くと、すぐ隣りの松の樹の下が入口だと教へてくれた。見れば、風雨にさらされ消えかゝつた文字で、棒杙に鷗外森先生墓所云々と書いてある。小さな古い山門をくぐると左側にさゝやかな本堂があり、右奥に別棟の新しい庫裡がある。庫裡は萱葺《かやぶ》きの普通の民家だが、のんびりした構へであつた。本堂に拝礼して、真直ぐに墓地に進む。墓地と云つても狭いものである。丁度そこで穴掘りをしてゐた村の人に

「鷗外先生のお墓は？」

と訊くと、一人が鍬《くは》をすてて

「森先生ですか」

と云つて、さきへ歩いて行つて右側の小さな一構への墓所を示してくれた。狭い囲ひ内に、正面のやゝ大きな分厚い墓石が先生で、写真で知つてゐた不折翁《ふせつをう》の「森林太郎墓」と「之《の》」の字を抜いた五文字が彫られてある。向て左のやゝ小さいのが夫人しけ子の墓で、之《これ》も不折書と聞くが、一見した処は鳥渡不折らしくない。向て右奥の又一段小さいのが、明治二十九年に亡られた父君ので、萩之舎主人の筆に係り、その前の横向きが三木竹二（森篤次郎）氏ので、先生の二人の亡児も合刻せられてあり、之は先生の筆に係る。お墓の花が悉《ことごと》く枯れかゝつてゐたので、うかつにも花を携へて来なかつた事に初めて気がついた。そのお詫びと共に、鄭重《ていちよう》に合掌黙拝した。私の文学的生涯で、その背骨となる反省力判断力と感覚神経の集約自覚力とを、必ずしも表現力迄もとはいはないが、直截最大量最大級に付《あた》へてくれた尊き邦文の書物は、ひとり鷗外先生の著作のみであつた。その御礼をいま改めてしみじみ申したかつたのである。この寺は、何となく明るい幽邃《いうすい》を保ち、先生の細書きの骨つぽい書風を思出させるものがどこかにあるやうな気がするのは神経の戯れであらうか。先生のゆるぎなき簡浄透明な知性は風雨にも氷雪にも不動に落付いて、最貴なたましひの静慮と雅健とをはつきり持して、こゝに恬然とねむつてゐられる。煩悩おらぶ少年の頃には、アヌンチヤタの恋を、懐疑を抱いて苦《くるし》み乍《なが》ら一面それを楽《たのし》んだ青年時代には、五条子爵の沈思を、そして、壮年後の漸《やうや》く心肉共に蕭散たり廓落たる秋趣を呈した頃には考証家の心緒をさし示し、それによつて、ともすれば絶望と自嘲と頽滅に走らむとする自分の軽々しい繊弱な精神に、力強い底力と支柱とを付へられたのは鷗外先生である。鷗外先生は、文学書であり心理書であり倫理書であつた。けふの私はやゝ睡《ねむ》り不足で、そのためあたまの操作がうすい煙霧を蒙《かうむ》つてゐるが、この感謝の念だけは、強く改めて意識された。そして更にいま一度拝礼をして墓所を立ち出で、さきへ抜けて左へ廻つて外の墓を見巡り乍ら本堂前を通つて門を出た。門側の不許葷酒入山門《くんしゆさんもんにいるをゆるさず》の古びた石柱は、文化何年禅林現住何某建之とあるから、天明の比に、この地へ此寺が移つて後に出来たものらしい。それにしても小さい寺乍ら新井の薬師や浅草辺の末寺に見ゆる紛々たる俗臭などは露《つゆ》なくて、幽雅の佳趣すらある先《ま》づいゝ小さな田舎寺である。鷗外先生の形骸が永くねむられる東京近傍の寺としては、著名の大寺よりもこれを以て却而《かへつて》安心となさねばなるまい。緑蔭の間を街道へ出て、そこで洗濯をしてゐる内儀さんに、

「こゝを通るバスは何処《どこ》ゆきですか」

と訊いたが、乗合の事ですか、と訊き直して

「牟礼《むれ》へゆくのですよ。」

といふが、自分では乗つた事のない口吻であつた。吉祥寺駅から見てどの方角へ降されるのかも判らないので、又もと来た一本道を歩いて、切りに咽喉が乾くので蜜柑を頰張つて黙つて歩く内に、今度は行きよりも杳《はる》かに早く駅に著《つ》いた。桜の堤を伝つて井の頭へ出る清流のくろを歩きたかつたが、病後の身には暑くて些《すこ》し無理と考へたのでやめて、三鷹からすぐ電車に乗つて阿佐ヶ谷で降りて家へ帰つたら、まだ十時半であつた。パンはそのまゝ持つて還つた。

（『書齋』一九三九・六）

春日遅々

堀辰雄

四月十七日　追分にて

ホフマンスタアルの「文集」を読み続ける。嘗《か》つてビアンキイ女史がこの詩人のことをリルケと並べて論じていた本を読んだ折、既に物故したこの詩人のパセティックな、真の姿を知って、それ以来何となく心を惹かれていたが、最近その文集の仏訳を手に入れることが出来て、数日前から読み続けているのである。

これまで読了した数篇――シェクスピアを論じて劇の本質は性格描写や筋などには無くて、その雰囲気《アトモスフェア》にあるという説を立てたもの、或《あるい》はゲエテの「タッソオ」に就《つ》いて語って従来閑却されがちであった公女レオノオレの重要性を指摘したもの、或は又、シュテファン・ゲオルゲの詩を取り上げて詩の本質を明らかにしつつ、十数年後の純粋詩の発生をいち早くも予見していたような「詩に就いての対話」――などで見ても、ホフマンスタアルが過去の大詩人の崇高な作品を自分の裡《うち》に見事に生かし得ていたばかりでなく、将来に於ける詩の動きにも敏感な見透しをもっていたことは、まことに敬服の外はない。

きょう読んだのは「Lord Chandos の手紙」という一篇である。

この西暦一六〇三年八月二十二日の日付のある古い手紙は、フィリップ・ロオド・チャンドスと云う英吉利《イギリス》の文人がその友人フランシス・ベエコンに宛てて、一切の文学的活動を放擲《ほうてき》する弁疏のために書いた手紙である由が註せられている。それはしかし、言うまでもなくホフマンスタアルの仮託であろう。

ともあれ、そのロオド・チャンドスと云うのは、英吉利文芸復興期に多く見出されるごとき博学多才の人である。彼は年少の頃から牧歌的な詩を作ったり、祖父の残した記録を元にしてヘンリイ八世年代記を書こうと計画したり、又、各国各時代から資料を集めて箴言集のようなものを編むことを夢みたりしていた。が、突然、彼はそういう一切の仕事を放擲した。そしてそのまま長い沈黙に這入った。

その長い沈黙を憂えて手紙を寄せた昔の友人のベエコンに対して、その沈黙の弁明を試みたのが即ちこの手紙であるが、以下それを少し抄して置こう。――

「簡単に云うと、自分の場合は次のようなのです。自分は或る対象を、思考とか言語などをもって、順序立てて取扱うことが全然出来なくなってしまったのです。先ず、自分は普通に人が使っているような言葉でもって、高尚なことも尋常なことも話すことが出来なくなりました。「精神」とか「魂」とか「肉体」とか云うような言葉を口にするのが云い知れず不快に感ぜられるのです。……何にせよ、批判を明るみに出すためには使用しなければならない抽象的な語は、悉《ことごと》く自分の口の中で、腐った菌《きのこ》のようにこなごなになってしまうのでした。一度なんぞはこういうことがあった。四つになる娘のカザリン・ポムピリアが子供らしい嘘をついたのを叱責して、いつも正直でなくてはいけないと云って聴かせているうちに、自分の口に簇《むら》がっていた考えが、突然、ぎらぎらした色を帯び出し、それが次から次へと移って行ったので、自分は慌ててその叱言を打ち切らなければなりませんでした、恰《あたか》も生理的な不快に襲われでもしたかのように。実際、自分の顔はいたく青ざめ、そして額の上をはげしく圧《お》しつけられているような気がしました。自分は娘をひとり残したまま、いそいで背後のドアを締めました。そして馬に乗って、人気のない牧場をひと時疾駆したおかげで、漸《よう》やく自分は落着くことができました。」

そんな風にして、ロオド・チャンドスは、今日ならば一種の神経衰弱とでも呼ばれそうな、無為の、苦しい状態に達する。かくして彼は一切の精神生活、一切の思索を断念しなければならなくなる。しかしながら、そういう殆《ほとん》ど植物に近いような存在の裡にも、彼は一種異様な幸福を見出しはじめるのである。

「こういう存在は、自分の隣人や、自分の親戚や、この国に土地を所有している貴族の大部分のそれとは殆ど区別ができませぬ。それは幸福な、生き生きとした瞬間を全然もたないわけではないのです。そんな瞬間がどういうものであるかを、貴兄に理解せしめるのは容易ではありますまい。ここでもまた、言葉が自分には不足するのです。それは名前を持たぬもの、また疑《うたがい》もなくそれを持ち得ないもの、そしてただ花瓶の中のように、自分のまわりの目に見える事物の中に、溢れるばかりに生を注ぎ入れながら、そのときちらりと姿を見せるきりのものだからです。例を引いて見なければ貴兄に納得していただけないかと思うので、つまらない例ですが二三挙げさせて貰います。例えば、如露《じょうろ》だとか、畑に棄てられた鋤《すき》だとか、日向に寝ている犬だとか、みすぼらしい墓地だとか、不具者だとか、小さな農家だとかが、自分の霊感の場になれるのです。習慣になってもうその上を何気なしに目が滑ってしまうような、それらの事物やそのほかそれに似た数々の事物が、突然、思いもよらないような瞬間に、それを表現するためには、一切の言葉があまりにも貧弱に見えるほどな、荘厳な、感動すべき跡形を自分に刻みつけて行くのです。そして目の前にない事物の明瞭な像《イマアジュ》までが、全く不可解な方法でもって、思いがけず甘美に、自分をば神々しい感情で縁《ふち》まで一ぱいに充《み》たしてしまうことさえあるのです。」

或《ある》夕方、ロオド・チャンドスはいつものように馬に乗っていた。先刻畑の一つへ鼠のための毒薬を多量撒くように云いつけて置いたことなど、もうすっかり忘れてしまっていた。そしてよく開墾された田地の中を並足で馬を進めながら、ところどころに片寄せられて盛り上っている小石の塊だの、ずっと畑の起伏の向うに沈んでゆく大きな夕日のほかには何んの印象も受けずにいた時、突然、彼の心の裡に、鼠の群が死にかけながら苦しみもがいている穴倉のなかの光景がひょっくり浮んだ。毒薬の劇しい臭《にお》いに充ちた、穴倉のなかのひんやりと重くるしい空気、鼠たちの苦しげな叫び、出口をめがけての空しい殺到、塞がれた裂れ目の前でばったり出会った二匹の鼠の怯え切ったつめたい眼差し、——そういったすべてのものを彼は自分の裡にまざまざと感じた。が、それは決して憐憫といったようなものではなかった。それはそういう人間的な感情より以上のものであったし、又それ以下のものであるとも云えよう。それはそれらの動物たちへの自己没入、かぎりもない同化によるのであって、その無我の状態には全く劇的要素がなく、また人間的要素さえいささかも無いのだ。——そのことは彼の挙げるもう一つの例によって一層はっきりさせられるのである。

他の夕方、ロオド・チャンドスは胡桃《くるみ》の木の下に、植木屋の忘れていった、半分水のはいっている如露を見つけた。――「その如露、その中にはいっている、そして木の影がうす暗くしている水、その水の面をすいすいと泳いでいる一匹の兜虫、――それらの意味のないものが、何か無窮の前に自分が立たせられているかのような戦慄で充たし、自分を頭から足の先までぶるぶると震わせました。そして自分は何かの言葉をわめき出したいと思ったほどでしたが、若《も》し自分がひょっとしてそんな言葉を見出したとしたら、自分は自分の信じても居らぬ熾天使《してんし》の奴さえ自分の前に跪《ひざま》ずかせたでありましょう。しかし自分は沈黙したまま、その場を立ち去りました。そして数週間の後、その胡桃の木を認めたとき、自分はそれを横目でおずおずと見ながらその傍を通り過ぎました。その思い出がいまだにその幹のまわりに漂っているような奇蹟や、近くの灌木《かんぼく》にまだつき纏っているような彼方《かなた》の戦きを逃がさないようにとしながら……」

そう云ったような瞬間には、まことに取るに足らないようなもの、たとえば犬だとか、鼠だとか、兜虫だとか、発育の悪い林檎の木だとか、丘をうねりくねっている車道だとか、苔蒸した石だとかが、何物よりも貴重なものになる。すべてのもの、彼のまわりに存在しているすべてのもの、彼の思い出すすべてのものが、彼には実に意味深く見えてくる。そして彼自身の空《うつ》けたような頭の状態さえ何かの意味を有《も》っているように思われる位だ。

「……けれども、そんな異様な幻惑が自分を離れると、自分はもう何も言うことが出来ません。こういう自分と世界全体との間の調和がどういうものから成り立っているか、そしてどんな風にしてそれが知覚せられるようになるかを、何か意味のある言葉でもって自分が云い現わせないのは、自分の内臓の運動だとか自分の血液循環の停止などに就いてはっきりした説明を与えにくい以上であります。」

精神的なのか、肉体的なのか、どちらだか分からないような、そんな危機を除いてしまうと、彼の生活は殆ど信じがたいほど空虚なのである。彼はそういう心の空虚な状態を自分の妻や雇人たちにやっと隠し了せているのである。

「自分はいま自分の家の一翼を建てさせています。そしてときには建築技師とその仕事の進行について程よく話を合わせています。自分は自分で財産を管理しています。そして小作人や雇人たちは、前よりいくらか自分が無口になったと思うにせよ、昔と少しもちがわずに気立のいい方だと思っているにちがいありません。彼等のうちの誰一人だって、夕方、各々の戸の前に帽子を手にして佇ずみながら、馬で通り過ぎる自分を見送っている間、自分の目が、詩の文句かなんか捜している人なんぞのように、無言の欲望をもって彼等の腐りかけた床板を撫でまわしているとは思わないでしょう。又、誰一人だって知らないでしょう、自分の目がいつまでもいつまでも醜い小犬だの、花瓶の間をしなやかに滑り抜ける猫だのの上に注がれているのを。それからまた百姓家のなかの粗末な、みすぼらしい品々の間に、言語を絶した、限界のない、何か謎めいた恍惚の源になり得るようなものを自分の目が捜しているのだということを……。」

*

私はもうその手紙の終りに近いらしい頁を机の上に開いたまま、何かしら感動しながら、外へ出て行った。目がひどく疲れたので、すこし歩いて来ようと思ったのである。いかにも春めいた日である。しかしまだ何処《どこ》やら冷くてひんやりとしている。二三日前に、もうこれが最後かと思われるような雪が降った。その雪が山の襞にも、屋根の上にも、畑の陰にも、さすがに大方は消え去ったが、まだあちらこちらに少しずつ残っている。浅間山は、雪のないところだけ、妙に黝《くろず》んで見える。私ははげしい感動で一ぱいになって、かえって妙に空けたような心の状態で、西の方へ歩いてゆく。村はずれのところから、二叉になって分かれる道を北側にとる。其処《そこ》からは両側ともずっと落葉松の裸かの林である。一日じゅう日陰になっていると見える、その左側のせぎはずっと汚らしい雪で埋まっている。そんな残雪がそのまま透いた林の奥まで消えずにいるところもある。一面に褐色の小さな孔の出来ているのは、兎でも跳ねまわった跡らしい。軟かそうに日のあたっている、もう一方の側の林には雪は全然なくて、下草がもう萌黄色になりかけている。鶯がまだ幼稚な啼き方で、ときどき啼いて見せているのも、どうやらこっちの林の奥ばかりらしい。……私はそうやって無心に数丁ほど歩いているうち、やっとそんな落葉松林が切れて、それから今度は雑木林に変ろうとする接《つ》ぎ目から、はるか向うに真白に赫《かがや》いている北アルプスが望まれる地点まで達した。しばらくそこに立ち止って、切なげな眼差でそれらの山々を眺めてから、私は再びいま来た道を引っ返した。そして少し草臥《くたび》れて、やっと村はずれまで戻ると、さっきまで人っ子ひとり居なかった其処の、観音像や古碑なんぞの立ち並んでいる小高い草っ原に、村の小さな女の子たちが十人許《ばか》り、がやがや騒ぎながら遊んでいた。私はそこからやや離れた、観音像の傍らに足を投げ出した。何ということもなしに、皆の方には背中を向けて。——そのうち不意にそいつらの騒ぎが一層喧《かまびす》しくなったようだと思っていると、私の背後にその女の子が一人忍び足で近づいて来るような気配である。それでもまだ私が知らん顔をしていると、その女の子は私のすぐ傍までこっそりと来て、何やら白いものを私の足もとに置くと、今度は笑い声を立てて駆け去った。――見ると、硝子の破片の上に、雪の小さな塊を載せ、それになんだか薄黄と薄紫の細かい、草花とはほんの名ばかりのような奴が、数本、あしらってある。――私が笑顔をして、皆の方をふり向いたら、女の子たちは大騒ぎをしながら、石碑のかげにみんな姿を隠してしまった。気がついて見ると、私のすぐ傍の観音像の前にも、私の前にあるのと同じような、あわれなる供え物が置かれてあるのである。……

それから数分後、私は、そんな可哀そうな女の子たちに別れて、宿の方へ戻って来つつあった。今度はみちみち、よく注意していると、道傍や畑の縁などに、往きにはすこしも気のつかずにいた、そんな薄黄だの薄紫だのの、いじらしいような細かい花が一面に咲いていた。

（『文藝』一九三七・六）

牧神の春

中井英夫

なにしろ、そのころの貴《たかし》の考えることといったら、役立たずという言葉そのもので、そのくせ一度それにとりつかれると、いつまでも抜け出せないで堂々めぐりをするというふうだった。たとえばいまノートへ書いたばかりの文字に吸取紙をあてたとき、その瞬間にひょいと身を移す文字の形態というものが、どうにも気になってならない。ノートから離れて吸取紙に移るあいだに、あいつはまるでサーカスのぶらんこ乗りといった要領で、かるがると体をひねって裏返しになるのだろうか。一ミクロンほどもない空間での曲芸を、貴はどうかして覗きみたいと希《ねが》った。逆しまにぶらさがりながら、文字はそのとき束の間のべっかんこうをするかも知れないではないか。

あるいは一組のとらんぷの中で、スペエドの3はスペエドの2について、いったいどう思っているのだろうかと考え、たぶん、なんとも思っちゃいやしないんだと行き当ると、さながら自分が無視されでもしたようにはかない気がする。胸飾りをいっぱいつけたキングやジャックの札になりたいというのではない、いちばん地味な2だというのに、それでも皆はとらんぷの表面の、白く磨かれた光沢のように、よそよそしくそっぽを向くのだろうか。

——プシュウドモナス・デスモリチカ。

——プシュウドモナス・デスモリチカ。

呪文のように唱えていたそれが、そうだ、石油を喰うという微生物の名だったと思い出すと、たちまち貴の眼前いっぱいに青金色の彩光を揺らしている油層がひろがり、その中で蠢《うごめ》き群生するかれらの生態が、顕微鏡を覗きでもしたようにつぶさに映じた。

——おれは早く土星に行かなくちゃ。

その日、街を歩きながら、貴は唐突にそう思った。埃《ほこ》りっぽい風の吹きすぎる、春の昼なかのせいだったかも知れない。貴にとって、春はいつでも汚れていた。桜はすべて白い造花の列だった。

——こんなところでぐずぐずしてちゃいけないんだ。土星への旅。それにしてもあの土星の環ってのは、夜には色さまざまに映り輝いて、壮大な光の饗宴という趣きだろうけど、昼間見たらごちゃごちゃした土塊《つちくれ》で、さぞきたならしいこったろうな。

そして、ちょうどそのときであった。なんの気もなしに頭へ手をやって、初めて触れたのがその角《つの》だった。まさかとは思ったのだが、たしかに瘤《こぶ》などではない、異様に尖った二つの隆起が、額のすぐ上に感じられた。同時に全身、とりわけ下半身のほうに音を立てるほどの勢いで体毛の伸び出すのが判った。春の街なかで、何かとんでもない変身が起りかけているらしい。髪も髯《ひげ》も、前から長くのばしているんだし、人眼に立つとは思えないけれども、貴はあわてて行きずりのメンズウエアの店の前で立止ると、仄暗《ほのぐら》いウインドをのぞきこんだ。

みかけだけは平凡な若者がそこに映っていた。しかし、よくよく眺めると、長髪も頰髯も家を出るときよりはるかに伸びて縮れ、額のところへもう一度手をやってみると、まぎれもない二本の角が生えかけていた。顔つきまでがどことなく山羊の精めいてきているらしい。びらびらのついたインディアンコートの下に白のデニム、モカシンを穿《は》いたいつものとおりのオレに、いったい何が起ったというのだろう。なんだって急に角なんかが生えてきたのか、そして、なぜオレにはこれが角だという確信があり、おまけに前からそれが判ってでもいたように、それほどうろたえもしないのか、貴にはむしろそのことのほうが不思議に思えた。

ウインドの中に立ちつくす黒い影のうしろには、こともなく明るい市街が拡がり、疾走する車も、行き交う通行人も、まだこちらに気をとめる気配はない。貴はそのままじっとして変身の終るのを待った。ありがたいことに、角はもうこれ以上伸びないらしい。ただモカシンの中で足の先が堅くなり、蹄《ひづめ》の割れてゆく感じが異様だった。それに、何より尻の合間に短い尻尾が生え、そのむず痒い感覚といったらない。コートを着ているからいいようなものの、そうでなければずいぶん恥ずかしい思いをしなければならないだろう。どこか喫茶店にでも飛びこんで、トイレでどんな具合か調べたい気もしたが、どっちにしろみっともないことに変りはないんだと、貴はようやく我慢した。

変身はどうやら完了したらしい。サチュロスというのか、それともフォーヌとかパンとか呼ばれる、山羊の蹄と角とを持った、あの毛むくじゃらな牧神に自分がなってしまったことを、まだ誰も気がついていないんだと思うと、ちょっぴり嬉しいような、それでいてひどくみじめなような、妙な気分だった。こんなことになったのは、苜蓿《うまごやし》を食べすぎた山羊のように、あまりに雑多な理念をむさぼりすぎたせいだろうか。プシュウドモナス・デスモリチカなんて変な呪文を、やたら唱えなければよかったんだ。それにしても、このまんま街の中にいるのはまずいと貴は思った。牧神は当然、森とか沼の畔《ほとり》とか、放たれた空間を自由に遊び回るべきだろう。それに、躰《からだ》が変化したせいか、窮屈な衣服を脱ぎすてて、思うさま飛んだり跳ねたりしたい衝動がさっきからしきりとする。蹄のままの趾《あし》で靴を穿いて、うまく歩けるかどうか心配だったが、貴はそろりと一歩を踏み出し、痛くないと知ると急に元気になって、駆けるように駅へ向った。

*

……決闘・金狼・愛餐・緑盲・幻日・袋小路・紫水晶・歪景鏡・贋法王・挽歌集・首天使・三角帆・宝石筐《ほうせきばこ》・帰休兵・火喰鳥・花火師・水蛇類・送風塔・冷水瓶・小林檎《りんご》・逃亡兵・人像柱・水飼い場・聖木曜日・耳付の壺・神怒宣告・囚人名簿・女曲馬師・舌ひらめ・放浪楽人・夜見の司・草売り女・二人椅子・表情喪失症・とらんぷ屋・埃及《エジプト》の舞姫・西班牙《スペイン》の法官・ボンボン容器・貴族制反対者・土耳古《トルコ》スリッパ・仏蘭西《フランス》の古金貨・露西亜《ロシア》の四輪馬車等々々……

　さっきから耳の中で唸りをあげているのは、およそ脈絡もない言葉の羅列で、それがふらんす語やロシア語やらのきれぎれな発音を伴って次から次と風のように掠めては去るのに、貴はすっかり閉口していた。なるほどサチュロスというのは山野の精で、風の中を吹きすぎてゆく言葉は何でもこんなふうに聞きとめてしまうものらしい。すこしばかり尖って髪の間からはみ出している耳を、貴はいそいで隠した。

どこへ行こうと考え、初めはひたすら海が見たかった。こんな生ぬるい風の吹く日にだって、海だけは岬の間に柔らかな灰青色をして横たわっているだろう。だが、その砂浜へ行きつくが早いか、オレはどうしたって素裸になってそこいらを駆け回りたくなる筈《はず》だ。冗談じゃない、まだしばらくは人間のふりをしていなくちゃ。で、考えついたのが、T＊＊川の向うにある、自然動物園だった。あの広大な丘陵の間には、どこかしら洞窟めいた隠《かく》れ処《が》があるに違いない。それに、ずっと前、まだ子供のときに一度行って、すごく気にいったのは、どういうわけか裏門の傍の山羊の檻の中に一羽のオオハシが一緒にいて、真中の木にとまったまま、ひとりで眼玉をパチクリさせていたからである。

大きすぎる黄いろの口嘴《くちばし》をもてあましながら、そのときその鳥は、けんめいに何かを思い出そうとしているらしかった。ええと、何だっけあれは。いや、そうじゃない、弱ったな。あれも違うしこれも違う。だからさ、ホラ、あれだよ、あれ。そんなふうにひっきりなしまばたきをくり返しているのは、得意の嘘を忘れてしまったからに違いない。オオハシとかツーカンというより、嘘つき鳥とでも名づけたい貌《かお》で困りきっていたのだが、もしまだあそこにいるなら、もう一度どうしても逢いに行ってやろう。

そう考えると、貴はようやく安心して、電車の片隅に立ったまま、再び自分だけの思いに沈んだ。もしかしたらT＊＊自然動物園は小高い丘の上にあるんだから、あそこからだって海や岬が見えないとも限らない。

――岬があんなにも孤独に見えるのは、

貴は眼裏にその情景を思い浮かべた。

――あれが海の中へ突き出された腕、我慢強い男の腕だからだ。で、愛する者は必ずその突端《はな》を曲って見えなくなってしまうのさ。そうなったら古い望遠鏡を持ち出していつまでも眺めていよう。たぶんぼやけた人影が、目的もないように右往左往するばかりだろうけど。

ふいに近くで、若い女の声がした。

「ねえ、ちょっと。なんだかチーズみたいな匂いがしない？」

「え？」

話しかけられた連れのほうは、貴に気をかねたようにちらと顔を見てから答えた。

「そういえば、そうね。ブルーチーズみたような匂いね」

貴はさりげなくそこから離れて、人のいないドアのところへ歩いてゆき、凭《もた》れながら溜息をついた。

――匂いとは気がつかなかったな。むろんこんな躰《からだ》になっちゃったんだから、山羊の乳を固めたような、饐《す》えた匂いがしたって不思議じゃない。けど、本当にそうなんだろうか。もう、人交わりのできないくらいに匂いもひどくなったんだろうか。

ふいに得体の知れない哀しみが貴を領した。その哀しみは風船のように柔らかく、それでいてひどく重かった。

＊

T＊＊自然動物園の正門を入ると、貴は人群れを避けて、右手の坂道を選んだ。昆虫館というコンクリートの建物に入ってみると、奥には赤いランプをつけた夜行動物の檻が並んでいて、中には蝙蝠《こうもり》が飛び交ったり、オポッサムの類が怯《おび》えた眼でこちらを見ながら歩き回ったりしていた。外には眩《まぶ》しいまでの陽光があふれているというのに、暗《くら》ぼったい赤色光の部屋は、ひどく残忍な拷問室を見るようで、貴は匆々《そうそう》にそこを離れた。夜になったら、ここでは反対に白色光を点《とも》して動物たちを眠らせるのだろうか。何だか、自分までが追われはじめたような気がする。狩人たちのしのびやかな跫音《あしおと》や、執拗な犬の追跡が、もうすぐそこまで近寄ってきたように思える。

ライオン園の柵のところで、向うから来た十六、七の少女が無邪気に手をあげた。

「ハーイ」

「ハーイ」

柄物のシャツに大きなベルトをしめ、白いパンタロンを穿いている。髪を栗いろに染め、幼稚な化粧をしている。フーテンだなと貴は思った。

「見たのか、ライオン園」

「ううん」

「一緒に見ようか」

「見たくないや」

「どうして」

　少女は黙って顎をしゃくった。なるほど、ここから見おろしただけでも、ライオンたちは四月の陽気にぐったりし、ほとんど寝そべってばかりいる。檻付きのバスが通りかかっても、たまに一頭が眼もくれず前を横切るくらいのことで、吠えかかったり飛びついたりというスリルは、まず味わえそうもない。

「下にライオンの写真が出てるよ。みんな鼻に引搔き傷があってさ、餓鬼大将みたいな、いじめられっ子みたいな、へんな顔」

　そんなことをいっている少女を連れて、貴はさらに山の奥めいた道を辿った。もう少し行くと、鷲のいる檻があるらしい。前に来たときも、美しいと思ったのは尾白鷲ぐらいのものだった。かれらは決して地上の人間どもなどに気を取られない。ひろびろとした檻の中でも、いちばんの高みの梢《こずえ》に羽を休め、じっと空の気配を窺《うかが》っている。その鋭い、確信にみちた眼は、もうすぐ仲間たちの救援の羽ばたきが聞えてくることを、少しも疑っていないようだ。

　鷲をしばらく眺めてから貴は、ガムばかり嚙んでいる少女と、兄妹のようにどこまでも歩いた。裏門のところにも行ってみたが、もう山羊の檻もなく、小さなワラビーが走り回っているだけで、もとよりオオハシもいなかった。きっとすばらしい嘘を思い出して、南米の森に飛んで帰り、仲間たちと眼玉をパチクリさせながら法螺《ほら》の吹きくらべをやっているのだろう。貴がそうやってやみくもに歩き回っているのは、どこか早く人眼につかない洞のようなところを見つけて、いちど思い切って裸になってみたい衝動が、しだいに強まってきたからでもあった。だが、その前にこの少女に、何といって説明したらいいだろう。

「どこか、絶対に人のこないとこってないかなあ」

貴はそういって嘆息した。

「どうして?」

それには答えずに訊き返した。

「君はニンフって知ってるかい」

「知ってるよ。高校んとき、お芝居でやったもの」

「裸で出たのかい」

「バカいってら。ネグリジェ着てやったよ」

「じゃあ、牧神てのも知ってるだろ」

「ボクシン? ああ、あれ。山羊のおじいさん」

「おじいさんてことはないけど」

どっちへ行こうというように、ちょっと立止ってから、貴は少女の手を引いて、灌木《かんぼく》の間に続いている細い径《みち》に入った。木立に隠れてだいぶ奥へ入りこんでから、ようやく一息に、だがやはり掠れた声になっていった。

「オレは実は牧神なんだよ」

少女が黙っているので、貴はふりむいてつけ加えた。

「近寄ってごらん。なんだかチーズみたいな匂いがするから」

「そんなの、平気さ」

少女はまだガムを噛みながらいった。

「あたいだって、もう何日もお風呂に入ってないもの」

「違うんだよ」

貴はいらだち、まじめな顔で告げた。

「ほんとうなんだ。ホラ、触ってごらん。頭に角が生えてるだろう」

そこにしゃがんで頭を突き出すと、少女は盲目になったように両手を差し出して、宙をまさぐった。それからようやく頭をつかまえて、二本の角に触れた。

「あらいやだ。ほんとに生えてるのね」

「そうさ。もっといいものを見せてやるよ」

細い径はしばらく暗い梢の重なりの下をすぎ、それからふいに円形の芝生になった小さい広場へ出た。人声も足音も遠く離れ、ここなら誰に見られる心配もなさそうだった。

「眼をつぶってろよ。いいか、よしっていうまで、あけちゃダメだぞ」

コートを脱ぎ棄て、シャツをむしり取り、貴は水浴びをする前のような手早さで、着ているものすべてをそこへ払い落した。靴下をとって二つに割れた蹄を見たときは、ちょっと哀しい気がしたが、それよりもこの青空の下で、生れながらの本当の姿に還れた喜びのほうが大きかった。下半身には長い毛が垂れさがって、大事なところはすっかり隠してくれているのが救いだった。

「よし、眼をあけていいよ」

それまで少女が確かに眼をつぶっていたかどうかは判らないが、うしろで無邪気な嘆声があがった。

「どうした、気味が悪いかい」

「ううん、とっても綺麗」

少女が近づいてきて、手をのばして触っているのが判った。

「これが尻尾なんだね」

「ああ、でもオレには見えないんだ」

少女はしばらくその短い突起物を、優しい手で撫で回していたが、ふいに思いつめたような声でいった。

「あたいも裸になっちゃおうかな」

「そうしろよ。ニンフはみんな裸だぜ」

「こっちを見ちゃ、いやだよ」

「見るもんか」

実際、見ることは不可能だった。少女の声はいつも背後からしたし、衣ずれの気配でニンフさながらの美しい裸になったことが判ったあとでも、首をめぐらしたときには、もう相手はすばやくうしろへ廻っていたからである。そのことはしかし貴には、まだ若干不満でないことはなかった。……

ふたりはしばらく、自由に軽快にそこいらを跳ね回った。芝生の生えた円型の小広場は細い径つづきでもう一つあることが判り、そこには水浴びに必要な小さな泉もあったし、木の切り株もあった。休息のためらしい丸太小屋も見つかったが、その戸はいくら押してもあかなかった。

「ダメよ。夕方にならなきゃ入れないのよ」

少女はまるで初めから知っていたように、そんなことをいった。そして、もっと不思議なことには、ふたりが広場から向うに出ようとすると、眼に見えない強い力で押し返されるように、そこには何かが遮っているらしかった。もとの広場へ戻ってみてもそれは同じで、ふたりが脱ぎ捨てた筈の衣服も、どうしてだかどこにも見当らない。束の間、貴には、罠にかかったような気持が胸を掠め、まだ見物人もいない新しい檻の中に自分がとじこめられた不安に怯えたが、それもすぐきらめく陽光と水と緑の木立の中に、あとかたもなく融けた。笑いながら尻尾を摑《つか》まえにくるニンフを追い回す生活が、楽しくてならなくなっていた。……

こういうわけでT＊＊自然動物園には、新しく牧神とニンフの放し飼いになっている場所があることはあるのだが、それはまだ誰でも行って見れるわけではない。そこへ行くには、まずプシュウドモナス・デスモリチカというあの呪文を唱え、そう、それから……………

（『太陽』一九七一・四）

四月短章

村山槐多

一

玻璃の空真《まこと》に強き群青と
草色に冷たく張らる
かくて見よ人々を
木偶《でく》の如そこここに酒に耽れる

しかして
美しき玉の月日に悦びて
ただひとりはなれし君は

いと深き泉に思ふ

二

銀と紫点打てる
川辺にめざめ立ちし子よ
いま日はすでに西にあり
青き夜汝《なれ》をまちてあり
行け朧銀の郊外を
あとに都に汝は行け

三

善き笛の冷めたき穴に
こもりたる空気をおくれ

美しく歩み出でたる
君ひとり物のたまはぬ

四

血染めのラッパ吹き鳴らせ
耽美の風は濃く薄く
われらが胸にせまるなり
五月末日日は赤く
焦げてめぐれりなつかしく

ああされば
血染めのラッパ吹き鳴らせ
われらは武装を終へたれば

五

春の真昼の霞に
鋭どき明り点けたる小径あり
かたはらにたんぽぽのかたはらに
孔雀の尾の如き草生あり

そが小径にのがれて
さびしくいこふ京人あり
美しく幽けき面
小径がつけし明りの中に更に鋭どき明りをつけたり。

（『槐多の歌へる』アルス、一九二〇・六）

褪春記

鏑木清方

あまりに甘美な四月、春陽清和の季節より、木の葉の黄ばみ、初霜の訪れ、わび、寂《さ》びを愛する思いを、時には沁々《しみじみ》と自分の身内に感ずることもあるが、老いを知ること漸《ようや》く深き今になって、春はなかなか愉《たの》しくさえある。

月やあらぬ、春や昔の春ならぬ、我が身ばかりはもとの身にして――『伊勢物語』のこの歌は取りように依《よ》ってひどく年寄じみた感傷にも聞える。そういう私でも、凩《こがらし》の声に聴き入ったり、池に張ったうすらいに、白く散る水鳥の羽毛にさえ涙ぐましくなった青年多感の頃を考えると、人間は、とかく先《さ》きに走り過ぎたり、先きへゆくとひどく後が顧みられたりするものだと思う。

そうかと云って、今の私は、別に過ぎし青春を懐《なつか》しんで、春を賞するというのではない。昔も今も変らぬのは沈静を思う心であって、秋から冬への季節を好んだのも、天地の一ばん静かになってゆく、その時を悦《よろこ》ぶからであった。だから春がいいと云ったところで、砂《さ》塵《じん》が立ち舞って、しらけ果てた染井吉野の落英《らくえい》が、埃《ほこり》の中に飜《ひるがえ》る、頭の重い、とかくのぼせ勝《が》ちな春の季候を全部好むわけではない。

若い時分、私はお花見というものを好かなかった。それは今でも同じことである。まだ花時の飛鳥山《あすかやま》を知らない。小金井の花、その稀《ま》れに見る山桜を見たいと願いながら、雑沓《ざっとう》を厭《いと》えば出足は鈍って今に果たさぬ。

三里塚の桜、何々の名所、花見に人の出ると知られたところへは、どうも行く気にならない。

併《しか》し、東京に花の名所は尠《すくな》くなった。何と云っても向島《むこうじま》は、隅田川を控えて、陸から、船から、花を見るにも、人を見るにも、あのくらいいいところはなかった。江戸三百年、唯一の花見場所となって、さまざまの古蹟をとどめたのもその筈《はず》である。

この頃は桜も植えられて、昔の向島を偲《しの》ぶようになって来たとは聞くが、堤が改修されてからはその景観は全く別のものになった。眼鬘《めかつら》がなくなり、花簪《はなかんざし》がなくなり、茶店がなくなり、従って慈姑《くわい》の団子がなくなって、酔っぱらいもなくなって、完全に江戸のお花見は跡を絶つに至った。

お花見が嫌いで、めったに行ったことのない私ではあるが、この都会の年中行事からお花見をなくすことは、とにかく心淋しい。

酔っぱらいも、客観的には愛嬌《あいきょう》のあるものだ。瓢簞《ひょうたん》を担って、落花の中を泳ぐようにして、知らない人だろうが何だろうが猪口《ちょく》を差す、行きずりの人同士が、忽ち《たちま》肝胆相照《かんたんあいてら》して百年の知己のようになり、さしつ、おさえつ、それも酒尽き、興尽くれば、右と左とに別れて元の路傍の人となる。また擦《す》れ違っても、朦朧《もうろう》たる酔眼にそれと認めれば、やあと声をかけただけで、人波に揉まれ、それっきりの付合い。酒中の趣は解せぬ身にも、こういう情景は興あることに眺められる。尤《もっと》もそういうことを云うのは今のこころもちであって、若い時分の私は酔っぱらいは大嫌いだったから、面白いとは感じながら苦々しいと思う方が余計だったのだ。

だが空下戸《からげこ》の私でも、朧夜《おぼろよ》に散る花を盃に浮ぶるの風流は解する。その場合、淡い甘味に一服の薄茶でもこれは下戸に許された風流ではあるが、この頃の酒飲みは、酒後の甘いものは、格別の味だなどという、こうなると飲まぬものの方が割が悪い。

徳川の世の泰平の盛りだった明和、安永、天明の頃は、菜飯《なめし》、田楽《でんがく》の茶屋が、いずこにも流行《はや》っていたようである。真崎稲荷《まさきいなり》前の甲子屋などというのが、店先に火を起して田楽

を焼く。この田楽というのは今でいう木の芽田楽、豆腐を竹串にさして味噌を付けたもの、抱一《ほういつ》の句に、

田楽の味噌に散《ちり》こむさくらかな

この句は私の好きな句の一つで、微吟《びぎん》すれば、湖竜斎《こりゅうさい》画く花下美人の図を幻に描く。桜色と云えば、淡紅を帯びたのを指す、さくら貝という貝は若い娘の紅さした爪のようでもある。

三分、四分の眺めと人の愛《め》ずるのは、うす紅の色の褪《あ》せぬ間の四月上旬僅《わず》か二三日を数うるに過ぎぬ。

花時風雨多しと相場が極《き》まっていて、あすは見頃と人の楽しみ待つ頃、あやにくの風雨、花の寿命というもの、寔《まこと》にはかない、頼み難《がた》いものではあれど、あれが、酒場の造花の桜のように色がさめても枝にくっついていたのなら、誰も咲く花をあのように待ちもしまい。

咲くにつれて白くなってゆく、また山桜の始めから白い花。私は桜の花の白きを悦ぶ。塔の沢の崖、私の好む部屋に近く一本の桜がある。空を背景にして家の中から眺めれば、ただ桜が咲いているなと思うだけ、それでも湯につかりながら見上ぐれば、散る花に風情なみなみならぬのは云うまでもないが、家の前の橋を渡り対岸に立ってこの桜を眺めると、

切り立つ峰をうしろにして、その花の色白々と冴えて見ゆる。暮漸《ようや》く迫って、谷々のもののあいろ一抹《いちまつ》に夕闇《ゆうやみ》にとざされかかる頃には、白さ一際《ひときわ》目に立って、流るる早瀬の石に注ぐ水泡と共にいつまでも暮れ残るのを、見えなくなるまで立ちつくす。

この桜は染井吉野の上種のものに過ぎぬけれど、それでも花の色の景色となって白く眺めらるる時はやはり美しい。

速水御舟《はやみぎょしゅう》氏が、生前、紀伊の国道成寺《どうじょうじ》の名木入相《いりあい》桜というのの咲いている時に出あい、それが画きたくて、再び写生してからと思って、年毎《ごと》にその花の頃を待って遂に果たさなかったという。その花は雪のように真っ白な、山寺の春の夕暮に、世にも寂びしい眺めだったそうである。

速水さんの死んだのは桜に早い春寒の頃であったが、奥さんの話に、道成寺の茶店のお婆あさんが、桜が咲いたといって知らせて来たと夢のように云っていましたとのことであった。

入相ざくらという名は、浄瑠璃《じょうるり》好きのものずきが、いつの代にかなづけたものであろうが、さても、そのところに相応《ふさわ》しい名所名木、速水さんを惹《ひ》きつけた、白い桜というだけに、ひとしおそれに魅力が偲《しの》ばれてならない。

吉野山の暁の桜はいいという。まだ桜時にあまり旅をせず、たいして早起きでないから暁桜をよく知らないが、夕ざくらは上野の山でもなかなかに棄《す》て難い。

庭に山桜の幾株かを植えたいと願いながら、夏になると毛虫のことを考え、春になると植えればよかったと思って数年を過ごしている。毛虫の方は我慢して、ことしは植えたいものだと思っている。

隣家に何本かの山桜があり、近所は昔お大名の庭だった関係上、里桜の大樹が多い。そんなわけで自分の家には芽生《めば》え一本ないけれども、居《い》ながらにして他家の桜は眺められる。どっちかの風が吹けば、花片だけは縁側へ散り込んでくる。毛虫の嫌いな家人は、人の家の桜で辛抱した方がいいという。

尤も本郷に居た時分、猫の額のような庭に、これはまた分不相応な大きな桜があって、花が咲いても、二階の縁側へ出てから、欄干の手摺《てすり》へ摑《つか》まって、ウンと身体《からだ》を乗り出した上に、仰向かなくては花は見えないので、ふだんは落花と毛虫を掃《は》くだけの存在でしかなかった経験をもっている。

余所《よそ》の桜の方が無事かも知れないが、今度は二階からでも少しは距離を置いて眺められるのだから、機会に恵まれたら植えて見たい。

春の眺めは何も桜に限ったことはないので、目立たぬ樹々の目立たぬ花にも、私どもは画心を働かすと何でも面白い。春の白い花として私は李《すもも》を好む。

これは桜や桃のように豊富ではないけれども、田舎へ行けば農家の庭に一本や二本は見出せる。

江戸川に近い、埼玉のある田舎の旧家に、静かな春の七日ばかりを過ごしたことがある。夕方になると、きこえるものは地虫《じむし》と蛙の声ばかりで、黄いろい暈《かさ》を着た朧月《おぼろづき》が、広い野面《のもせ》に乳色の鈍い光を漂わせている。毀《こわ》れた井戸屋形《いどやかた》の傍から畑の方へ続いて何本かの大きな李が散在していた。

李の花は月下に青白く、遠山にかかる白雲のようにも見える。

私の泊っていた家は、この村の豪家であり、旧家であった。江戸以来の建物は、荒れ果ててはいたけれど、黒光りに光った大黒柱は微塵《みじろ》動ぎを見せないようでも、主人の無い家の手入の届かぬ広い間毎に、春ながら冷々《ひえびえ》とした気が流れていた。

夕食を済ますと、その井戸屋形の柱に凭《もた》れて、李の花の梢《こずえ》を仰ぎ、涯《はて》のない遠い野面に夢を追う。

そこの家には二人の娘があった。姉は近頃聟《むこ》を迎えていた。招かれて客となっている私と、主人としてはその三人だけで、井戸屋形を囲んで私と同じ年頃の若主人とは、文学から家庭の話へとはいって行った。女たちは少し離れた樹かげに蹲《しゃが》んでいたが、李月夜に照し出されてもともと痩形《やせがた》の人たちの細い頸《くび》がいたいたしく見えた。

そこから程遠くない江戸川縁の堤へ、月に誘われて宿を脱けて行ったが、野田や流山《ながれやま》へ通うその川筋は、昼間は船の往来も相応にあるけれども、夜は寔《まこと》に寂寞《せきばく》たるものだ。渡し場の前にある煮売屋《にうりや》の一間ばかりの障子が、まだ雨戸を閉《とざ》さずにあって、洋燈《ランプ》の火影《ほかげ》が赤赤と、中には低い人声の、五六人はいるらしいけはいがする。多分手なぐさみでもしているのであろう。

どこからか笛の音がきこえて来る。

ある日、家の人たちと、その渡しを越えて対岸へ渡って見た。川を隔てた向うは下総《しもうさ》になっている。小松原と沼の多いところで、到るところ桃の花が咲いていた。

土橋のあるところで、偶々《たまたま》花嫁の里帰りするらしいのに逢った。厚化粧に角《つの》かくしした花嫁御寮《ごりょう》と、母親らしい、小さな丸髷《まるまげ》に結った色の黒い人。供の男は、帰り路の用心か、弓張提灯《ゆみはりぢょうちん》を提げていたが、それより異様なのは、先頭に立つ官服厳《いか》めしい巡査殿であった。

そのものものしさに、のんびりしていた神経が一時ちょっと硬くなりかけたけれど、これが花聟《はなむこ》なのかと知って、陽炎《かげろう》の中へ消えてゆく胡蝶《こちょう》と共に、菜の花畑の向うへうしろ影の見えなくなるのを見送ってから、私たちの屈託のない笑声は流れ出たのであった。

私は嘗《かつ》て関西に春の旅をした時、大和《やまと》平野の春に古典のおおどかな美しさを覚えたが、関東平野、殊《こと》に総武地方の、遠く筑波根《つくばね》を瞰《のぞ》んで、利根《とね》、江戸川の大きい川が緩《ゆる》く流れるあたりは、菜の花、げんげに象徴される、のびやかに平凡な田舎の美しさで、一は貴族的で、一は庶民的だとも云えよう。

春になると私は、越ケ谷から粕壁《かすかべ》、つまり千住から旅立つ彼方《かなた》の空を思う。山もなく、ろくそっぽな丘もない、実に平凡他奇なき景色だけれど、そこに際限もない悠久《ゆうきゅう》な春の姿を感じさせる。

眠りつづけたら、暁を覚えぬのみか、明けて、暮れて、蕭々《しょうしょう》たる春の雨しめやかに、藁《わら》屋《や》の軒に滴《したた》る点滴の、うつつ枕に通うを聞けば、無何有《むかう》の郷《さと》とはこんな境を云うのではないかと思うような、広漠《こうばく》な春の懐に抱《いだ》かれる。

総武平野とは、そんなふうなとりとめなさが、春になって色をつけ、形をそなえて来るように私には思われるのだ。

花の名所と前に云った向島から、昔時のいわゆる葛飾の里一帯は江戸の近郊ではあるけれども、もう既にそうした趣を味わうに以前は充分なところであった。されば故人は無何《む》《か》有州《うじま》などとしゃれていたが、現今のその地は、春夢、いずこにその跡を求むべき……。

（『文藝春秋』一九三六・四）

四月馬鹿《エプリル・フール》

何が　南京鼠《なんきんねずみ》だい

渡辺温

「エミやあ！　エー坊！　エンミイ！　おい、エミ公！　ちょっと来ておくれよオ、大変大変！」出勤際《でがけ》に、鏡台へ向って、紳士の身嗜《みだしなみ》をほどこしていた文太郎《ぶんたろう》君が、突然叫びたてました。

「なあに？　なんて、けたたましい声を出すの？　お朔日《ついたち》の朝っぱらから気の利かないブン大将。」

妻君《さいくん》のエミ子が、台所から米国製の花模様のあるゴムの前掛で、手をふきながら出て来ました。

「まあ頭を、ちょっと嗅いでみておくれ。臭いの何《な》んのって！」文太郎君は顰《しか》めっ面《つら》をしながら、もみ苦茶になった頭をさし出しました。

「どうしたの？　コリス？――」

コリスと云うのは希臘《ギリシャ》語で、その昆虫の名前だと、或る大学生が何時《いつ》かエミ子に教えてくれたのです。

「違うよ。ウイスキイだよ。頭が、ウイスキイなんだってば……」「まあ、本当だわ。ぷんぷん――迚《とて》も、景気のいい香《におい》よ。でも、何だって今時分酔っぱらっちゃったの。あんたの頭？」

エミ子は兎《と》も角《かく》、タオルで、ゴシゴシと旦那様の頭をこすってやりました。

「オウ・デ・コロンをつけたんだよ。四七一一番のオウ・デ・コロンはアルコホルがうんと入っていて、古くなるとウイスキイに変質するって話でも、聞いたことあるかい？」

「何を云ってんの、莫迦莫迦《ばかばか》しい！　あたしが、今朝わざと取り更えて置いたんじゃありませんか。あんたが、いくら不可《いけ》ないって云っても、あたしのオウ・デ・コロンをフケ取り香水の代りに使うから、懲《こら》しめのためにやったの。ウイスキイに両替すれば、勿体ないってことがあんたにも解ったでしょう。いい気味だわ。」

「畜生《ゴッデム》！　不礼者！」文太郎君は、タオルをかぶった儘《まま》頭をふりたてました。

「そんなに憤《おこ》るもんじゃないわ。今日は、だって、四月一日《じつ》よ。」「四月一日が如何《どう》した？」

「あら、あんた四月馬鹿《エプリル・フール》を知らないの？」

「出鱈目《でたらめ》言うない。そんなもの知ってるもんか！」

「呆れたわねえ、ブン大将は！　そんな、古ぼけた頭にオウ・デ・コロンをつけようってんだから、いよいよもって図迂図迂《ずうずう》しいわよ。四月馬鹿《エプリル・フール》ってのはね――あんただって、チャールストンとワルツの違い位は知ってるんだから、教えといて上げるわ。――四月のお朔日は一年にたったいっぺん、どんな途方もない出鱈目をやって、人を担《かつ》いでもいい日なの。あたしたちには、クリスマスなんかより、もっと祝福すべき祭日なのよ。」

「ほう、本当かね――」文太郎君は、こすった位では、迚も芳醇《ほうじゅん》の香《か》の抜けない髪の毛を諦めて櫛で、撫でつけ乍《なが》ら目を瞠《みは》りました。「そう言われれば、成程、西洋の小説で読んだこともあるような気がする。」

「アスファルトの道を散歩する資格なしね。去年の四月馬鹿《エプリル・フール》なんか、随分面白かったわ。あたし、学校を出たばかりで恰度《ちょうど》神戸へ遊びに行っていたんだけど、海岸通りの石道を昼間一人で何の気もなしに歩いていたの。そうすると割合に寂しい横丁の出口のところで、日本人のお婆さんが、長さ五尺位の菰《こも》でくるんだ大きな荷物を道ばたに立てて、それをウンウン唸りながら担ごうとしているんだけど、迚も重たくって担げそうもないのよ。」

「それで、エンミイが馬鹿正直に担いでやったのかい？　ところが中味が矢張り莚ばかりで、軽々と、担がれたってね。ザマあ見ろ！　はっはっはっ……」

「黙ってお聞きなさいよ。担いだのも、担がれたのも、あたしじゃないの。折から通りかかった一名の西洋紳士。それを見つけると、吃驚《びっくり》したように立止って、お婆さんの様子を眺め、それから、あたしの方を見て、淑女《レディー》の面前《まえ》である手前、どうにも義侠心を出さずにはいられなくなったらしかったわ。直《す》ぐとお婆さんの傍へ寄って、「オモイオモイデスカ。ワタクシ、オブッテサシアゲマス」云いながら、その莚包みに腕をかけて、ヤッとばかりに持ち上げようとしたんだけど、さてビクともしないじゃありませんか。大の毛唐《けとう》が、いくら真赤になって呻いても大盤石《だいばんじゃく》の如《ごと》く貧乏揺ぎもしなかったわ。ところが、その中《うち》にお婆さんが、唐突《だしぬけ》にゲラゲラ腹をかかえて笑い出すと、その莚をひっ剝《ぱ》がしたの。すると中から現われたのが、何だと思って？　荷物と見せかけたのは、郵便ポスト――だったじゃありませんか。毛唐は真逆《まさか》日本のお婆ちゃんがと油断してかかったのだろうけど、四月一日《じつ》であってみれば、怒るにも怒れず頭を掻いて逃げて行ったわ。」

「そいつぁ豪気な話だ。なる程、四月馬鹿《エプリル・フール》とは、嬉しい習慣だね。そう云うことならよろしい。今日は一つその手を用いて、会社の木偶《でく》共を片っ端から落してくれるかな。」

「タイピストや、電話姫《ミス・ハロウ》なんかばっかり落としちゃうんじゃないの？」

「まさに図星と云うところかも知れないね。」

「大人気ないわ。」

「本気《むき》になりなさんな、自分で仕込んで置きながら。万事四月一日《じつ》だ。」文太郎君は仕立下ろしの春外套《トップ・コート》を羽織ると、それでも毎朝と変らぬ真心こめたベエゼを、エミ子に捧げて威勢よく玄関へ出て行きました。そこで、ピカピカに爪先を光らして揃えてあった編上靴を穿《は》きかけたのですが、どうしたものか却々《なかなか》手間どれるのです。

「もう、九時を廻って居てよ。早くなさらないといけないわよ。」

「うん。だって、今朝は随分早そうな陽の色なもんだからそれに、どうしてこう人通りが少いのだろう。エンミイは時計の針をやたらに、廻して置いたんじゃないかい？」

「疑う？」

「やっぱり早過ぎるんだろう。漸《よう》く七時半位のものかな。でも、どうせ今日は繰り越し仕事が溜っているんだから、偶《たま》には早出も信用を取り返していいだろうさ。……おや！　どうも先刻《さっき》から此方《こっち》の足が入らない入らないと思っていたら、両方とも右足じゃないか！

ちぇッ、四月の馬鹿野郎め！　御叮嚀《ごていねい》に古靴なんか持ち出しやがって！……」文太郎君は三和土《たたき》の上に靴を投《ほ》うり出すし、エミ子さんは仏蘭西《フランス》鳩のような声を出して笑いました。

恰度《ちょうど》その折から、電話のベルが鳴りました。

「ハイハイ。こちら兎澤《うさぎさわ》でございます。……おや、山崎さん、お早《は》ようございます。ええ、ただ今、靴をはいているところで……文ちゃん、何を寝ぼけたことか、こんなに早々と、おホホホ……。え？　何でございますって？　今日会社お休みですって？　まあ、いいえ、ちっともそんなこと申して居りませんわ。はあはあ、南京鼠の改良種をね。まあ、左様でございますか。え？　ちょっと、お待ち下さいませ。」

エミ子は、電話口を手で蓋して、如何《いか》にも吃驚したような顔で文太郎君に詰問しました。

「文ちゃん。今日お休みだっていうじゃありませんか？　どうしたって云うこと？　あなた知らなかったの？」

「そ、そんな馬鹿な！」あらためて、正しく左の靴を穿き終った文太郎君は、些《いささ》か面喰《めんくら》った様子ではげしく首をふりました。「とんでもない、何もかも、みんな四月馬鹿《エプリル・フール》だ！」

「だって、山崎さんたら、今日、文ちゃんと南京鼠の競進会を見に行く筈《はず》だったたって、そう言ってるの……」

「な、な、何が、南京鼠だい！　もう沢山だ。四月馬鹿《エプリル・フール》、四月馬鹿《エプリル・フール》！」文太郎君は、ステッキを引《ひっ》つかむと、身をひるがえすように外へ飛び出して行きました。

「待ってよ。文ちゃん！　文ちゃん！　お待ちなさいってば！……」エミ子は周章《あわ》て、受話器をかけて、門口迄《かどぐちまで》追いかけたのですが、文太郎君は一散走りに通りへ曲って行ってしまいました。

富士山が見える媾曳《あいびき》

エミ子は不安な予感にかられました。そう言えば、今日から新しく春外套《はるがいとう》に着かえたし――四月になって冬外套も着ていられまいと云えばそれ迄だけれども、併《しか》し何時《いつ》だって、抱えて出る筈の折鞄《フォリオ》も、今日に限って置いて行ったし、こんなに早過ぎることを承知で周《あ》章《わ》てくさって飛んで行ったのは――エンミイが四月馬鹿《エプリル・フール》にしようと思って時計をすませて置いたのを、気がついていながらワザといいことにして、出掛け迄黙っていたらしいことは確かだ。

疑ってみれば、疑える節々が思い当らないでもなかったのです。直《す》ぐ会社へ電話で問い合せてみようかとも考えたのですが、夫の勤先《つとめさき》が休みか否か解らないでいるなんて、そんな恥《はずか》しい、可哀そうな女房になるのは、自尊心が許さなかったので止すことにしました。

エミ子はしょんぼりと、茶の間に坐《すわ》って考え込んでいましたが、やがて帯の間に挟んだ手を抜いて、思いついたように夫の置いて行った折鞄を開けて、中味を仔細に点検してみました。昨日の夕刊が二枚と、「探偵小説全集」が一冊と、「南京鼠の合理的長命法」と云うパンフレットと、古い帝国ホテル舞踏会の案内状が一枚出て来たばかりでした。

エミ子は、それから、文太郎君が昨日迄着ていた冬外套を持ち出して、ポケットをすっかり裏返して見ました。

ところが、胸のポケットから、手巾《ハンケチ》と一緒に小《ち》いさな紙片のまるめたのが飛び出して来たので、その皺をのばして見ると、それは会社の便箋紙で、何と次のような片仮名が、電報みたいに並んでいるのでした。

エノシマヘフタリッキリデデカケルノイヤ？　フジサンヤウミガミエルアイビキ！

「江の島へ二人っきりで出かけるの厭《いや》？　富士山や海が見える媾曳――だって。まあ！あきれた。何て図迂図迂《ずうずう》しい……」エミ子は蒼くなって、涙をポロポロ滾《こぼ》して口惜《くや》しがりました。まことに無理もない次第です。何も浮気をするにことを欠《か》いて、江の島へ行かなくても！　エミ子は、どんな男刈《ガルソンヌ》りにした奥さんにだって負《ひけ》をとらない位、近代夫婦生活の新様式を理解しているつもりだったのですが、それだから尚更《なおさ》らのこと堪え難い侮辱でした。

と云うのは、実は一昨日の日曜に彼女は文太郎君に向って、

「春の海辺を歩き度《た》いわ。靴も沓下《スタッキング》もぬいで、裸足《はだし》で砂を踏んで歩くの。楽しかあない？」

「うん。」

「江の島へ連れてってよ。いや？」

「ああ。でも、今日は調べ物があるんでね。その中に、伊豆《いず》あたりへ遠出するように心がけようじゃないか。第一江の島なんて、弁天《べんてん》さまに対してだって、今更気恥しくって歩けやしない。フロリダとでも云うんならいいがね。」

「日曜のダンスホールなんて御免よ。あたし、海の風に吹かれ度《た》いの。」

「誰がダンスホールの話をしたい？　江の島へ行き度ければ一人で行っておいで！」

「よくってよ。行かないわ。」「怒ったのかい？」

「エンミイ、いい子よ。そんなことで、怒ったりなんぞしないわ。その代り今度もっと暖かになったら、本当に遠くへ連れてって下さらなけりゃ厭《や》あよ。」そんなわけで、エミ子

は折角の春日《はるび》楽しい日曜を、家にいて「収入一割貯金法」を読んだり、近所の子供に表情遊戯《アンダースタンディング》を教えたりして温順《おとな》しく過ごしたのです。そして、文太郎君の調べ物と云うのは、例によって、南京鼠の運動神経組織改良と云うようなものでした。

それだのに、その言下《げんか》に軽蔑し去った江の島へ、密女《ひそかおんな》と共に遊びに出かけると云うのなら、いくら春のバンジョーのように朗《ほが》らかな気立てのエンミイ夫人でも、腹に据えかねるのが当然です。

わが唇は生まれのままに朱《あか》し
人妻なりきとて何の咎《とが》めそ

……

巴里《パリ》の時花歌《はやりうた》を、涙の塩の辛い口笛で吹きながら、エミ子は姿見に向かって、お化粧をはじめました。シュタイン会社製舞台《ぶたい》化粧用の三番ピンク色のパフを、はたいてもはたいても、細い涙が溝をつけてしまいます。眼の縁に、思い切って空色の顔絵具《ドオラン》を入れました。化粧が終ると、エミ子は、親類中で爪弾きをされている従兄の、また従兄位に当る音楽学校を退学されて、今は銀座の蓄音機屋の嘱託をしているピアニストの雄吉《ゆうきち》君のところへ電話をかけました。この男は、自分が年齢《とし》の半分も子供に見られ度《た》がる嗜好から、自ら

「お雄坊《ゆうぼう》」と名告《なの》っていると云う程の品質《たち》で、エミ子さんが結婚する前には、幾度か附《つ》け文《ぶみ》をしたことのある男です。

「――モシモシ、お雄坊？　今日、いいお天気ね。暇？　え、暇だけど、暇なんかには飽きてるって？……そう、あのね、これから江の島へ連れてって上げようか？　嘘なもんか、本当さ。行きたけりゃ、余計なことを言わずに、直ぐ仕度をしておいで。だけど、あんまり気障《きざ》な姿《なり》して来ちゃいけなくってよ。……」

エミ子はそれから、黒地のフロックの首や手首に金箔の条《すじ》を巻きつけた洋服を着て、真赤なお椀帽子《ベレー・バスク》をかぶって、待っていました。ペンギン鳥の恰好をした手提げのお腹には、勿論ありったけのお紙幣《さつ》と銀貨とを押しこみました。

やがて、雄吉君が桃色みたいな派手なゴルフ服を着て、鼻眼鏡をかけてやって来ました。

「やあ、金ピカだなあ！　金ピカのグレタ・ガルボオですか。迚も素晴しいや。」と、雄吉君はエミ子の姿を眺めて、大袈裟に驚いてみせました。彼は、エミ子さんが、何だって自分をこんな風に優しい方法で思い出して誘ってくれたのか、全く嬉しさに燥《はし》ゃぎきっている様子でした。

「お雄坊を世間の知らない人が見て、あたしの旦那様だと思ってもそう不似合いじゃない位、立派にしていてくれなくちゃ駄目よ。」

エミ子さんは、鳥渡《ちょっと》ばかり青い眼ぶたを伏せるようにして、そう言いました。

「よろしいです。お嬢さん《ビアン・マドモワゼル》！」雄吉君は手をこすり合わせながら、お辞儀をしました。

「あたしが、お嬢さんだって……奥さんと言って頂戴。……あたしの靴なんか揃えてくれなくたっていいのよ。男の癖にみっともない……」二人はこうして、江の島へ出かけて行《ゆ》きました。

いいん　いん　いん

わざと小田急には乗らずに、東京駅から鎌倉へ行って、鎌倉から幌《ほろ》を取らせた自動車で稲村ケ崎《いなむらがさき》を抜けて、海辺づたいに真直ぐに、江の島へ向かいました。

おそらく一二時間先に、文太郎君とその恋人とが江の島に着いているとすれば、まず人目の少い片瀬から七里ケ浜の砂浜辺りで、肩すり寄せて語らい合っているかも知れないと思われたからです。浜辺にいる人々からも必ず、松林の縁の街道を走る自動車の姿は一目で見える筈だし、そうすれば、幌なしの座席に相乗りしたアメリカの活動役者の恋人同士のように颯爽たる男女の様子は、この上なく羨ましい光景として見送られるに相違ないのです。

けれども、七里ケ浜の銀色に光る砂にかざす色あだめいたパラソルは幾つとなく点在し、そしてそれらの多数の傍には、それぞれ嬉しい人達がくっ附いていたにも拘らず、肝腎《かんじん》の文太郎君の姿は一向に見当らなかったのです。

それで、エミ子は、片瀬で自動車を乗り棄てると、先刻《さっき》から富士の秀麗を讃嘆しようが、春の海の香りが風信子《シヤシンス》よりもすぐれていはすまいかと同意を求めようが、更にエミ子が取り合ってくれないので、逼《さすが》に気を腐らしている雄吉君を従えて、長い長い桟橋を渡って、江の島の音に聞えた険路《けんろ》を急ぎ足で一巡し、岩屋の奥迄尋ね尽したが、その甲斐《かい》もなかったのです。まさか宿屋を聞いて廻るわけもならず、エミ子はすっかり気抜けがしてしまいました。――ひょっとして、岩本楼あたりに憩《やす》んでいるのかも知れない。どうせ昼飯前なのだから、自分達も憩《やす》んでもいいと考え、岩本楼の石の門の前に足を止めたのですが、その時雄吉君が俄《にわ》かに元気づいて、「――岩本院の稚児《ちご》上がり、平素《ふだん》着なれた振袖から……」と、壊《こ》われた鞴《ふいご》のような声を出したので、吃驚《びっく》りして逃げ出しました。

「誰が、そんな声色《こわいろ》を聞かしてくれって言って？」エミ子さんは疳癪《かんしゃく》をピリピリさせて、可哀そうなピアニストを叱《し》かりつけました。「あんまり見っともない真似をすると、ほんとに追い返すわよ。」

「だって、初めっから、僕が来たいって言い張ったんじゃないんですからね。」雄吉君は鼻をならしました。「僕たちは一体この春の最も楽しい一日に、何しに此処《ここ》迄出かけて来たのかしら。徒《いたず》らに……」

「お黙んなさい。あんたは唯《た》だあたしの御亭主として、恥しくないように控えていればいいのよ。」

「だって、御亭主なら御亭主らしく、女房の腕をかかえるとか何か、もっとこう、幸福感を味わう機会があってもいい筈です。」

「贅沢《ぜいたく》云うなら、サッサと帰って頂戴。そんな幸福感を味《あじわ》っちゃったら、あんたはあたしを、恰《まる》で女房かなんかのような気がするでしょうよ。馬鹿馬鹿しい！」

「エミちゃんは、どうしてそうロマンチストになり切れないのかなあ。」

「背負《しょっ》ちゃ駄目よ。——それよりか、ちょいと水族館でも覗いて見ないこと？」エミ子は、ぶすぶす言っている雄吉君を連れて水族館へ入りました。水族館にも、文太郎組の姿は見かけられませんでした。

亀の子、泳いでいる大章魚《おおだこ》、あなご、ごんずい……大して面白い見せ物ではありません。併し、あの物凄い「猫鮫《ねこざめ》」だけは当館第一の怪物です。雄吉君は、長いことその前に立ち止っていました。「猫ザメ」みたいな醜怪なる化物を、この世で初めて、エミ子もお雄坊も見せつけられたのです。

あれを眺めた者は、誰だって覚えずにはいられない本能的憎悪を、雄吉君は人一倍にしつこく、強く感じたらしかったのです。

「畜生、一つブン殴ってやり度いな。ステッキを持って来なかったのが何より手ぬかりだった。」と、彼はいたく口惜《くや》しがりました。

「ほんとに憎らしいこと。家《うち》のブン大将が怒った時とそっくり……」

「てヘッ。何とか仰有《おっしゃ》られたようですな。」

雄吉君は、到頭《とうとう》我慢がなり兼ねたと見えて、足もとに転がっていた砂利の一番大きそうなのを拾うと、いきなり猫ザメめがけて投げつけました。けれども怪物はビクともしないので、却って、ニヤリと笑ったとも思えるような工合《ぐあい》に白い鋭い歯をのぞかせて、あぶくを二つ三つ噴き出してみせた位です。

「お止しなさいよ。雄ちゃん、見つかると叱られてよ。」

　エミ子は雄吉君を止めました。

　ところが、それでもきかずに、猶幾度《なおいくたび》か化物の折檻《せっかん》をこころみている中《うち》に、雄吉君はつい誤って、小石を硝子《ガラス》枠にぶっつけてガシャン！　と、大きな硝子を一枚破ってしまったのです。番人が仰天して、遠くの方から馳けつけて来て、雄吉君を取り抑えました。それでエミ子は、さんざん詫びた末、五円の弁償《べんしょう》金を代りに払ってやりました。そうしてほうほうの体で逃げ出さなければなりませんでした。

　再び桟橋を渡って、片瀬から今度は鵠沼《くげぬま》の方へ続く寂しい海岸を暫《しば》らく見て廻ったのですが、これもやっぱり甲斐ないことでした。エミ子は、何とも言えない遣るせない気持になって、また泣けて来そうでした。お雄坊の前なんかで不覚の涙を流すのは辛かったので、それに陽ざしもそろそろ赤くなって来ていたし、思い諦めて江の島遊園地を引き上げました。

　東京へ帰ると、もう日が暮れていました。高架線の上から銀座の灯を眺めた時、エミ子さんはほんの少し元気になりました。

「お雄坊、お腹が空いたでしょう。あたし、些《すこし》も気がつかなかった。御免なさいね。」

「うん、まるで破れた大太鼓みたいに空っぽになった。」

「いいわ。サンタモニカの晩御飯を御馳走して上げてよ。」

そこで、東京駅から銀座裏へ引っ返して温《あたたか》い西洋料理の食卓につきました。雄吉君は、食後にウイスキイを二三杯ねだって飲まして貰うと、俄かに勇気を出しました。

「実はね、先刻から訊《き》こう訊こうと思っていたんだけど、此の頃エミちゃんの処で、誰か赤ちゃん生んだ人ない？」

と、雄吉君は赤い顔をテラテラさせながら、突然そんなことを言い出したものです。

「赤ちゃん？　あたしでも生まなけりゃ、真逆《まさか》、ブン大将が生む訳はないでしょう。莫迦なことを言うもんじゃなくってよ。」

「うん、僕もエミちゃんのお腹を見て、妙だと思ったんだけど――変だなあ、でも、まあいいや。」

「どうしてそんなこときくの？」

「……」雄吉君は、飛んでもないことを言い出して、ひどく困ったと云うような顔をしました。

「え？　誰かそんな噂でもしたの？」

「ううん……どうだっていいことなんだよ。」

「いいこたぁないわ。はっきり仰有い。……言わないの？　じゃあ、もう聞かないわ。」

「困ったなあ。実は一週間ばかり前に、文太郎さんと銀座で会って、一緒に富士屋《ふじや》でお茶を飲んでいたら、恰度其処《ちょうどそこ》へ来合せたお友達らしい人へ文太郎さんが、これは未《ま》だ内証《ないしょ》なんだがね。今度とても素晴しい子供が生まれたよ。四月一日《じつ》には誕生祝賀会をやるから是非出席してくれたまえって、言っていたんです……それで、『赤ちゃんが生まれたんですか？』って僕が聞くと、黙ってニヤニヤ笑っていたけど……だから。」

「あんた！　あたしの子だと思ったの？」

「ええ。だから、エミちゃんから電話をかけられた時には吃驚したんだけど、でも、僕なんかに解らないことがあるかも知れないし、僕は何だか、エミちゃんが可哀そうになっちゃって。」

「大きなお世話よ。——あたし、もう帰るわ。左様《さよう》なら。」

エミ子は、呆気にとられている雄吉君を置いてサッサと食堂を飛び出しました。

ところが——エミ子が、文太郎君の怪しい所業の数々に身も世もなく心細くなって、誰もいないところで精いっぱい泣き度い程の気持で、家へ帰ってみると、さて文太郎君が凡《およ》そ上機嫌で彼女を抱きかかえてくれたのです。

「江の島の春はよかったかい？」

「まあ！　知らないわ……」エミ子は、夫の腕《かいな》の中で身もだえして涙にむせびました。

「エンミイが江の島へ行き度い行き度いって、せがむからさ。」

「誤魔かそうっても駄目駄目。あたし、あの便箋の文句を読んだのよ。」

「エノシマヲフタリッキリサンポスルノイヤ？　フジサンヤウミノミエルアイビキ！……五字ずつ飛ばして読んでごらん。エから五字目がフで、フから五番目がリ……ルそれからフ、ウ、ル……四月馬鹿《エプリル・フール》さ。はっはっはっ……」

「あら！……」

「僕が今日何処《どこ》にいたかってことは、エンミイの大嫌いな南京鼠協会へ問い合せれば直《じ》き解《わ》かるよ。実は、僕がエンミイに内証で手がけた南京鼠が迚も素晴しい新種の子供を生んで、それが首尾よく仏蘭西《フランス》へ輸出する見本として通過したので、今日は大祝賀会が開かれ、僕は、その上、巴里のシュバリエ商会から五千円の権利金を貰うことになったんだよ。……これは、正真正銘の本当だ。四月馬鹿《エプリル・フール》じゃないから安心おし。お前の大嫌いな南京鼠のお蔭で、今度の日曜あたりには、伊豆の温泉へでも何処へでも遠出が出来ると云うわけさ。」

「いいん、いんいん、いんいん……」エミ子は文太郎君の胸に顔を埋《うず》めて、思いのたけ泣いてしまいました。

(『講談雑誌』一九三〇・五)

イギリスの春と春の詩

吉田健一

冬の後は、英国にも春が来る。当り前なことのようであるが、英国の冬は長い間続いて、毎日暗い寒い日を送っては又迎えているると、春などという季節が前にあったのが本当だったのかどうか、又実際にあったのだとしても、それがもう一度戻って来るものか、しまいには疑わしくなる。太古の時代には、寒い所に住んでいる民族は冬が来る毎に、本気でこうして疑うことを繰り返したらしくて、太陽を再び空に戻って来させて草木を芽生えさせるために、若くて美しい男が選ばれて大地の母神に対して犠牲にされたのだそうである。それをしないと、自然は衰えたままになって地上にはいつまでも冬が続き、人類は死に絶えるほかないと思ったわけで、英国の冬を経験すれば、そういう人達の気持がよく解る。今は三月でも英国ではまだ冬で、四月になっても春らしい感じが少しもしないこともある。

しかしそれでもそのうちに春になって、まず風が吹き始める。日本でもそうであるが、それが春、生温くなってからのことが多いのが、英国ではまだ辺りが冬の時に、早ければ三月の末頃からこの風で裸の木の枯れ枝が吹き折られ、それが木が新芽を出す準備になる。そのうちに、固く凍りついていた地面が湿り気を帯びた黒土に変り、或《あるい》は春が来たことを英国で最初に感じさせるのはこの黒土かも知れない。冬の間は、草が芽生えたくても地面が凍っているのを突き破ることは出来なくて、それが寒さが緩んで黒い土になれば、気をつけて歩いているとその下からクロカスが頭を擡《もた》げかけたりしている。しかしこうして草木が又緑になって行くのは春を感じさせても、その前触れの風はまだ寒さが真冬に思われる時に吹くのだから、余り春らしいものではない。

つまり、冬が厳しいので、英国では寒さを感じなくなって春が本当に来るまでに大分、時間がかかる。大体、寒いと思わずに一日を過せるのが夏の極《ご》く短い期間に限られているのだから、春の来方が遅いのもそれに準じてのことなのであるが、それにしても昼間、外套を脱いで外を歩けるようになるのが、その辺が相当に春景色になってからのことである。そして風は吹くし、所々に草木の緑が目につき出すのは嬉しくても、全体の感じから言うと、いわゆる、英国の春は余り愉快なものではない。もっとも、四月になれば英国でももう冬とは思えない日が多くなるが、それでもエリオットは例の「荒地」で、四月は残酷な月だとこぼしている。冬でもないし、はっきり春でもないからという意味らしくて、まず英国の四月はそんな感じがするものである。

今から五十年もたったらば、「荒地」はどんなふうに読まれるのだろうかと思う。これが発表された一九二〇年代には、それが殊《こと》に若い世代には相当な衝撃を与えたらしくて、確かにこの詩にはその頃の生活感情とか、思想上の傾向とか呼んでよさそうなものが盛られている。しかし余り一つの時代そのものを表現するというのはどうだろうか。時代毎《ごと》に、何かその特色があって、それが自分が現在生きている時代に属するものならば、正確にそれが表現されていることから受ける印象には確かに切実なものがある。しかしそれがそうであればある程、時代がたち、人間が別な環境で生活することになれば、その印象は薄れて来るはずである。そこには流行歌を廃らせるのと同じ作用が認められるわけであって、流行歌よりも言葉の使い方が遥かに当を得ていれば、それだけその効用はその一つの時代に限られることになるとしか思えない。これは、詩としては一つの欠点である。

もちろん、どんな詩でもそれが書かれた時代を表現しないということはない。フランスのラフォルグがやはり春を歌った詩に、

晩、初めて外套なしで、理解されないのが悩みの
神経に疲れての一人歩き。

という句が出て来るのがある。十九世紀の末に書かれたこの詩は、おそらく近代詩の中でも傑作に数えられていいものの一つであって、「荒地」の背景をなしている近代の感情がここでも扱われているが、それから八十年近くたった今日これを読んで見ても少しも古くなったという印象を受けない。今から更に八十年たって、近代が十九世紀末とか、二十世紀の初期とかいう別な名で呼ばれる時が来ても、やはりそうだろうと思われるので、ここに一つの時代を歌いながら、その時代とともに廃らない詩の一例がある。

エリオットが好きなダンテもそうであって、ダンテの時代には、「神曲」は今日とは大分違った読み方をされていたに違いない。そしてそれでも今日、例えばエリオットがダンテを読んで強く動かされるのは、ラフォルグの場合もそれと同じことで、詩人がその時代に呑まれて完全に自分を見失ってはいないからではないだろうか。そこには、何か自分の時代を少しも受けつけずにいる様子さえ感じられて、エリオットもその時代に反撥はしているが、少くとも「荒地」では、その態度までが近代、殊に一九二〇年代の傾向に従った

ものであって、それが本気での反撥なのか、又はこれもその当時風の装いなのか、すぐには決め難い所がある。しかしそれ程であるから、この詩が第一次世界大戦後のヨーロッパという特定の環境を表現した点では無類であって、そのヨーロッパを知っているものにとってこの詩が懐しくないわけがない。

つまり、ヨーロッパの一九二〇年代と言えば、これは一種の過渡期だったので、その意味で極めて不安定だったことにかけては英国の春に似ている。英国では春が来ると、すぐに夏、或は少くとも、英国の夏になる。確実に春になるのが五月で、五月から英国では夏の最中になっている六月まではすぐである。一時に木が緑になり、花が咲くのが、春を惜しんでいる暇などを与えないので、大体、日本の春と初夏を一緒にしたものが英国の五月から八月にかけての気候なのだと思えばいい。それ故に、英国の詩で夏を歌ったものは多いが、春を扱ったものは余り見当らない。春と断ってあっても、それはその五月から八月にかけてのことなのであって、とにかく、英国の春そのものは決してこの国の詩を思わせるような艶なものではない。風が吹き、雨が多いこの国で春もよく雨が降る。それで木も芽を出すわけであるが、日本の春雨と違って、英国で春に雨が降れば、忽《たちま》ち冬の寒さに逆戻りして火を焚かなければならない。

そのように、冬と夏の間を行きつ戻りつしているうちに、冬は去って夏がもうすぐそこまで来ているのに気がつくのが、英国の春というものである。雪解けと、風と、雨と泥の季節とも言えるだろうか。そうするとその点でも、もし英国の春の詩を一篇挙げることになったら、それはエリオットの「荒地」だということになるかも知れない。

(『The Youth's companion』一九五八・四)

死人の埋葬（「荒地」より）

T・S・エリオット
（吉田健一訳）

四月は残酷な月で、死んだ土地から
リラの花を咲かせ、記憶と欲望を
混ぜこぜにし、鈍った根を
春雨で生き返らせる。
冬は何もかも忘れさせる雪で
地面を覆い、干からびた根で少しばかりの生命を養い、
それで我々は温くしていることが出来た。
夏は俄か雨となってスタルンベルガゼエを渡って来て、
我々を驚かせた。我々は柱廊の所で立ち止り、

日光を浴びてホフガルテンに出て行き、
そこでコオヒイを飲んで一時間ばかり話をした。
「私はロシア人じゃなくて、リトアニアの出なんですから、本もののドイツ人なの。
子供の時に、従兄の太公の所に泊っていて、
従兄は私を橇に乗せてくれたんだけれど、
とても恐かった。従兄は、マリイ、マリイ、
しっかり摑まっているんだよ、と言って、後はもう夢中なんです。
山の中にいると、自由な気がします。
私は夜遅くまで本を読んでいて、冬は南に行きます。」

この石だらけのごみ捨て場から這い出ている根、
伸びている枝は何なのだろう。人の子よ[原註1]、
お前には解らない。お前はただ、
壊れた影像の束を知っているだけで、その上に日が照り付け、
枯れた木は蔭を作らず、蟋蟀の音は慰めてくれず[原註2]、

乾いた石の間を水が流れているのでもない。ただ、
この赤い岩の下に蔭があり
(赤い岩の下の蔭に来なさい)、
私はお前に、朝、お前の後から付いて来る影とも
夕方、お前を迎えに現れる影とも、
違ったものを見せて上げよう。
私はお前に、一握りの埃[原註3]を見せて上げよう。

　　　風は故郷に向って
　　爽かに吹き、
　アイルランドの我が子よ、
お前は今どこにいるのだ。

「貴方が始めてヒヤシンスを下さってから一年たったのよ。
そうしたら皆、私のことをヒヤシンス娘って言ったの。」
――しかし私達が遅くなって、ヒヤシンス畑から戻って来た時、
貴方はヒヤシンスを両手に抱えて、髪は濡れ、私は

一言も口を利くことが出来なくて、眼も見えず、
生きているのでも、死んでいるのでもなくて、光の中心と
沈黙の方を向きながら、何も知らなかった。
海は荒涼としていた。[原註4]
占いで有名なソソストリス夫人は
ひどい風邪を引いて、それでも、
何でも解る一組のカルタ[原註5]を持った
ヨオロッパ一の女占いとして知られている。
これが貴方のカルタ、溺死したフェニキア人の船乗りのですよ、と彼女は言う
(この真珠はその男の眼だったんですよ、御覧なさい)。
これがベラドンナ、巌の聖母、
劇的な場面の聖母なんです。
これが三本の杖を持った男で、これが車、
これがめっかちの商人で、この何も書いていないカルタは、
商人が背中にしょっているものなんですが、

それが何なのか、私が見てはいけないんです。あの
逆さに吊された男は出て来ない。水死の恐れがあるようですね。
多勢のものが、輪になって歩き廻っているのが見えます。
有難うございます。エクイトオンさんの奥さんにお会いになったら、
占星表は私が自分で持って参りますっておっしゃって下さい。
この頃はほんとに気を付けなければなりませんから。

本気にすることが出来ない都会[原註6]、
冬の明け方の茶色をした霧の下を
人群がロンドン・ブリッジを渡って行き、それが余り多勢で、
私は死がそれ程多くのものを台なしにしたとは思わなかった[原註7]。
短い溜息をするのが何度も聞えて[原註8]、
誰もが足の直ぐ先を見詰めて歩いていた。
人群は丘を登って、キング・ウィリアム街の、
セント・メリイ・ウルノスの教会が九時の最後の一つを[原註9]

冴えない音で打っている方に向って行った。
私はその中に知っている男を見付けて、「ステットソン」、と呼び留めた。
「君はミュライの海戦で僕と一緒だった。
君が昨年、君の庭に埋めた死骸は
芽を出したかね。今年は花が咲くだろうか。
それとも、霜が急に降りたのがいけなかっただろうか。
人間の友達である犬を近づけるな。[原註10]
でなければ、爪でもって又掘り出してしまうだろうから。
君、偽善者の読者よ、——私の同類、——私の兄弟よ。[原註11]」

（The Waste Land: The Burial of the Dead, 1922）

原註1　エゼキエル書第二章第一節。
原註2　伝道書第十二章第五節。
原註3　「トリスタンとイソルデ」第一幕、第五行―八行。（訳註。ワグネル作。）
原註4　同、第三幕第二四行。

原註5 「タロット」というカルタ遊びのカルタがどういう風になっているか、私は正確には知らなくて、作品を書く上で都合がいいように、自分で勝手に変更したこともある。逆さに吊された男は、実際に「タロット」のカルタにあるもので、この作品では二重の意味を持ち、私はこれをフレイザアの吊された神と結び付けると同時に、これは私にとってはVの、キリストの弟子達がエマオに行く一節に出て来る、頭巾を被った人物でもある。フェニキア人の船乗りも、商人も、やはり後に又出て来る。「多勢のもの」も、水死も、Ⅳで再び登場する。三本の杖を持った男は（これも本もののタロットのカルタにあるが）、漁師の王自身であって、これはしかし私の全くの独断である。

原註6 ボオドレエル。

原註7 ダンテ「地獄篇」第三書第五五行―五七行。

原註8 同第四書第二五行―二七行。

原註9 これは私自身、何度も気が付いたことである。

原註10 ウェッブスタア「白い悪魔」の挽歌。

原註11 ボオドレエル「悪の花」の序文。

美しい墓地からの眺め

尾崎一雄

一

緒方の家は、遠い祖先から、緒方が十四の時八十六で死んだ祖父の代まで、ずっとつづいた神主だったにかかわらず、墓地には仏式の墓石が二三立っていて、中学生時分の緒方を不思議がらせたものだ。

その後、父、妹一人、弟二人、子供一人、母と、同じ緒方の手でつぎつぎに同じ所へ埋めるめぐり合せとなり、再々墓地をいじくっているうち、そこに仏式の墓石のある理由も簡単にのみ込めた。それらはみんな徳川中期のものだ。徳川幕府の切支丹《きりしたん》禁圧政策から宗門改めというのが行われ、神職の家は、仏教に帰依するには及ばなかったが、しかし、過去帳を預かって貰うため、檀那寺を選ばねばならぬ、というのであった。緒方の家の過去帳の或《あ》る期間は、だから同村の禅寺にある。そういう神仏混淆の時代に、緒方の祖先のうちのある二三が仏式の墓石を建てたものであろう、そう緒方は解釈している。どれもが風雨にさらされ、苔《こけ》むし、年月の刻字などは殆《ほと》んど読めぬが、一基には明瞭に、元禄六年とある。この石は、緒方が二十二のとき、四十九の父を葬った際、地中から出てきたものだ。だから、他の石にくらべて磨滅が尠《すくな》いのだ。

　緒方がその翌年父のために建てた石碑風のやつは、表面に緒方幸之進墓と刻み、裏面に、漢文で略歴を書き、男幸雄識などとしてあるが、実は母の父で、三島中洲に漢籍と漢詩を学んだ三梁川口信之が、代作し、代書した。この石は、大正十二年の大震災のため、幾分傾いている。そして川口三梁祖父は、その大震災の一週間前、緒方とヘボ碁を囲んでいるとき発病し、十時間ほどして死んだ。脳溢血だった。

　緒方の父が、祖父母のために建てたのは、立派な神式の墓だ。重い石の扉を外すと、向って右側に、祖父のおくり名があり、当家第三十七代、などと彫ってある。この墓の屋根石の前方両角は、強引に打欠いてある。賭博者が、呪符として持去ったのだと云う。

　緒方が子供の頃、祖母や母などから「ご先祖さまのお墓」ときかされていた一基は、極めて古風な宮造りで、丈低い老松に倚《よ》りかかり傾いている。いかにも古物で、石面はざらざらだ。

それらさまざまの墓石が乱調子に置いてある八坪ほどの墓地、ここからの眺めを、緒方はいつも美しいと思う。ここからの眺めは、東が塞がっているだけで、ほかは、三方とりどりに面白い。

二

この四月五日は、緒方の亡母の一年祭に当る、そのことが、前から緒方の気がかりになっていた。平凡に、無事に済ませたいもの、と希《ねが》っていた。

緒方は、約四年前から、先ず不治と云っていい病気にとりつかれている。不治という自覚はもっていても、その割に気持は沈んでいない。若い頃一度死にかかり、一応それは免れたものの、爾来《じらい》身体の隅々までさっぱりした日は数えるほどしかないという年月をおくって来た。そのため、病気相手の立廻りについて今ではあるコツを知っているのだ。油断は禁物だが、気負けもいけない。土俵をあっちこっちと逃げ廻る、いなす、相手の力をまともに受けぬ工夫をし、水を入れてやろうと企らむ。何とか欺《だま》し欺し、相手ともつれ合いながらも定命というゴールまでもって行ってやろうとの肚《はら》だ。自分の定命がいつか、勿論緒方に判る筈《はず》もないが、とにかくその気組だ。長くも短くも、息が絶えたらその時が定命——この頃ではそんな気持にもなっている。

戦争末期このかた、緒方の知人友人で、斃《たお》れる者が多くなった。長い戦争中の無理の現われであることは否めなかった。斃れぬまでも、緒方の友人の多くは、健康を損ねていた。彼らはまた多く、いいいいいいもとのようになることを信じてはいないふうであった。彼らは四十を半ば過ぎ、ある者は五十に達するという年頃であった。

「もう余生だね、いろんな意味で——」

「うん、余生だ。——しかし、使いようはある」

「それは、ある」と、緒方は元気なく云った。「欲目かも知れないが、未だ何かの役に立ちそうだという気があるからね」

「お互い、その自惚《うぬぼ》れを無くしたら、問題だね。がたがたといって了《しま》うよ」

ある友人とのそんな会話を緒方は思い出す。そのことは、緒方に、母親の姿を憶《おも》いうかばさせるのだった。

七十一になって、もう何もすることが無くなったのだ。一切の責任から解放され、長い間とりしきってきた家事雑用にも手を出す要がなくなり、たまに手を出すと、よく縮尻《しくじ》った。小さな孫たちよりも役に立たぬ存在になったという老人の自覚――。

「みんなが疎開してきてくれて、賑《にぎ》やかになり、何にも用をしなくていいようになったから、身体は楽だけど、何だか張合がなくてねえ」

そんな愚痴を云い云い、老人は呆《ぼ》けていくのだった。去年の四月四日の夜、上機嫌で風呂から上り、パチンパチンと高い音をさせて足の爪を切りながら発病し、三時間半の後、五日になると間もなく空《むな》しくなった。実父の川口老人と全く同じ症状の、脳溢血だった。

親戚七八人、隣近所十何軒かを招《よ》んで、ささやかながら亡母の一年祭を済まし、緒方はひといきついていた。そんなことは、この地方の仕来たりから出ず入らずのやり方で済まさなければならない。どっちかへはみ出すと、ケチと云われ、あるいは、金も無い癖に見栄を張って、と云われる。何と云われようと、緒方自身にはこたえないが、家の者共の苦の種にはなる。それが世俗というものだ。緒方と違い、いわゆる他所者《よそもの》で、土地へのなじみもこの三四年来という家人にとっては、いい加減に済まされぬ問題だった。

親戚は少なく、やかましい人物も居ないので、この方は気楽だった。やって来たのは、五人あった弟妹のうち只一人残った緒方の妹が亭主と子供づれで四人の一家総出、緒方の父の姉の嫁ぎ先から緒方の従弟《いとこ》に当るのが一人、あとは、亡母の弟二人だけだった。も一人、亡母の妹がいるが、これは病後で不参だった。緒方の亡母は四人姉弟《きょうだい》の長で、今まで一人も欠けていなかったのだ。

「この次は、五年祭ということになるか」

亡母の上の弟、六十二三になる川口家の当主の信太郎が、少しばかりの酒で色づいた顔を平手でつるりと撫《な》でた。

「そう、——昭和、二十、六年ですか」と緒方は算《かぞ》えながらこたえた。

「それまでには、誰か欠けるね。三人姉弟のうち誰か一人は、ね」

「うん、判らないね」東京にいる末弟の、六十になる謙吉がうける。多分二人の頭には、先日軽い脳溢血を起し、もう全快とは云っても、汽車に乗る気力は失ったらしい七十近い姉のことがあるのだろう、そう緒方が思っていると、上の叔父が、

「お豊さんが第一に怪しい、それからわしだ」と下の叔父の顔を見た。次姉のことを名前で呼ぶ昔からのくせだった。姉さんと云えば、緒方の亡母のことだった。

「順序通り行けばね」下の叔父がぼそりと云った。

「まア原則としては、誰だって明日の命は判らないんですからあれですけど、しかし叔父さん方は、大丈夫らしいじゃないですか。怪しいのは、私ですよ」

「それはしかし、困るね。そんなことがあっちゃ、困るよ」

「困ることは、困ります」

「折角《せっかく》、と云っちゃなんだが、お母さんも無事におくったんだし——気をつけて貰うんだな」

「だから、怠け怠けやっています。もっとも、怠ける方じゃア、昔から一人前ですが」

「それでいいさ、死なれちゃ、困る」

およそ消極的なことばかり話し合っている三人の様子の、それに似つかわしくおよそ受身なふうなのが、緒方には可笑《おか》しかった。

造船技師上りの上の叔父は、遅い子持だがしかし五六人の子福者だ。上の二人位はもう勤人の筈だ。元来が小さいながら地主であり、家作持であり、その町も戦災は受けたが、持家の五六軒は残っている。現在としては、めぐまれた境遇と云えよう。下の叔父は、夫婦二人ぎりの暮らしだが、東京で戦災を受け、家を焼かれた。土蔵が残った。とりあえず旧《もと》の所へ小さな家を建てたが、一度は強盗、一度は土蔵破りに襲われ、大分と持ってゆかれた。しかし、蔭廻りの商売なんぞに手を出さずとも済んでいるのだから、これも先《ま》ず先ずというところだ。

とり立てて目立つこともせず、悪いこともせず、極めて平凡な気のいい市井人《しせいじん》として老境を迎えた彼らは、そこで世情の激変に会い、途方にくれているらしく思われる。世の成行に何の異も立てずおとなしくついて来た、というのが彼らの生涯だが、この激変では、流石《さすが》に急にはなじめないというふうだ。とは云え、彼らの方から何をどうしようとの気組もなく、また張りもない。結局のところ、死ぬまで黙って生きているほかはない、とでもいったところであろうか。

小さい子供三人を抱えて死というものと間近くにらみ合い、さり気ない顔付で小狡《こずる》く立廻っては相手をいなすという、それこそ日々夜々が、時々刻々が綱渡りの演技そっくりな緒方から見れば、叔父たちは謂《い》わば好い御身分であり、その気分はぬるま湯のようだ。こう云えばしかし、「そんなことがあるものか」との抗弁が出るのは知れ切っている。だから緒方はそんな顔はしない。お互いにひょんな目に逢いました、という、どこでも通用する素振を見せている。世間なみにやれることは、世間なみにやっておいた方がいい、そして、すっと通って了うのがいいのだ、ある限界までは、と緒方は思っている。

三

戦争の中頃から、長年出入りの植木屋が来なくなった。季節になりハガキを出しても、返事さえよこさなくなった。植木バサミ担いでの職人稼ぎよりも、家にいて畑作などやっている方が割りがいいのだろう、と、緒方もあきらめて、その後は、どうせ碌《ろく》でもない庭木のことで、荒れるままに放っておいたのだが、亡母の一年祭で人を招ぶにつけ、余りの荒れ方が気になり出した。近所の男に相談してみると、隣村にこの頃一人居るとのことで、早速それを傭《やと》うことにした。土地出身の職人だが、どこか都会に出ていたのが戦災で戻って来たという。一年祭に間に合うようにとの約束を違えずやって来たのを見ると、三十何年か前、小学校時分、上級生として見た覚えのある顔だったりした。

最後の日に、緒方は植木屋を墓地へつれて行った。そこには、丈は低いが、いつからあるとも緒方の知らぬ老松が一本と、斑《ふ》入《い》り針杉が二本、もっ、こ、く、が二本、いずれ劣らずぼうぼうと無駄枝を繁らせているのだった。

「こりゃどうも」と植木屋が云った。

「何しろこやしが効くと見えてね、無闇《むやみ》と繁る。うんとすかしておいて下さい」

「先も留めなくちゃいけませんや。こりゃどうも」と植木屋がまた云った。

一日手をかけたら、植木どもは見違えるようになった。

「こりゃよくなった」とほめると、

「よくなりました。この松ともっこくなんか、ここへ置くのは惜しいようなもんで――」

「そうだね。しかし、墓地のを屋敷へ持ち込むわけにもいかないな」

「そりゃそうで――。しかしこの松なんか、門のところへ、こう、一寸《ちょっと》こっちの方から――」と植木屋はそれらしい手つきをする。

「見越しの松かね」緒方は可笑しさをくふんと鼻へ抜くと、先に立ってその場を引上げたのである。


「さて、と……それじゃ、一寸お墓へ行って来ようか」

上の叔父が、吸いさしを灰につき込んだ。

「あ、それじゃ一寸」とみんな立上る。

「おい、水と榊《さかき》、誰か持って来てくれ、出かけるから」緒方は誰にともなく呶鳴《どな》り、先に立って下駄をつっかけた。

墓地は、家の前の往還を向う側へ抜けると一町足らずという近さだ。足のふらつく緒方にも、ここへの往復ぐらいは出来るのだった。緒方の居るところの小字名《こあざ》は、宮之台と呼ばれ、この部落での景勝の地を占めている。ここには、遠い昔から緒方家が代々田舎《いなか》神主として仕えた古い神社がある。墓地はその神社から西南約一町の、俗に台畠《だいばたけ》と云われるところにあった。

「いつ来てみても、ここはいいねえ」

「一等地ですよ」と緒方は笑って云う。

「正に、そうだね」上の叔父は、墓の方には目もくれず、南、西と眺め廻している。

「ここは台畠と云うんです。半鐘が鳴ると、火事はどこだと、この辺の連中、とにかくここへ駈けつけるんですよ」

「なるほど。――あれは伊豆の大島だね？」

「そうです。煙、上ってませんか？」

「煙？　三原山か。そこまではどうも――」

「いや、私にも見えない。噴煙がとまったかな？」

「見えますよお父さん、少し斜めになって」

水と榊を運んで来た緒方の長女、十七になるのが云った。

「ふうん、見えるか」と真剣な顔で目を細くしたり見開いたりしている緒方を、

「お前さんもそろそろ眼の方へ来たかね、はッはッ」叔父が笑う。

「いよいよお仲間入りらしい。右の方、真鶴岬、初島も見えるでしょう」

「ああ。――海岸沿いの松、あれは旧東海道のだな」

「そうです。私なんか子供の頃、あの松が、片仮名のキだのネだのに見えましてねえ。昔の松並木としちゃア、残っている方でしょう」

「そうだろう」

下の叔父は、西の方を向いて、両手の指で四角をつくり、前方の景色をそれにとり入れたりしている。叔父は二人とも、写真道楽なのだ。

「ここの富士もいいけど、前景があんまりのっぺらぼうだね」と叔父は云っている。その言葉に誘われたように、上の叔父と緒方は、その方へ眼を転じた。

「沼津の富士は、愛鷹山《あしたかやま》に半分かくれているが、――あの前山は箱根か？」

「いや、足柄山《あしがらやま》です。箱根山は、あれから左です、ずっと伊豆の天城《あまぎ》の方へつづいている

でしょう。足柄の右は丹沢山で、一番端《はず》れが大山になります」

「あの松並木はなんだい？　ずっと並んでいる」

「酒匂川《さかわがわ》の堤防です」

「なるほど、河床も見える」

菜の花、麦、桜、木々の色とりどりの若葉。上の叔父は一つ深呼吸をすると、「どれ」と振返って墓域に入った。そこには、何年か前に植えたいちはつが大分ふえて、白い花をつけている。

四

同じ日、ある雑誌社の人が原稿をとりに来た。前日来たのだが一日のばして貰ったのだった。また、雑誌の口絵用に、写真をとりたいとのことで、そのことも約束してあった。

緒方はふだん着のまま籐のステッキをもって、どんどん墓地の方へ歩いて行った。彼は時々ひょろついた。

富士山を背景にしてくれ、と彼は註文を出した。

「お墓、随分近いんですね。それに眺望《ちょうぼう》がいいです」と記者が云った。

「説明はあとでします。とにかく富士山を背景に、僕んとこの墓地から――」

「フィルターを持って来なかったんで、富士山は、さアうまくいくかどうか」

「いいです。とにかくやってみて下さい」

緒方は右胸部に痛みを感じ始めているのだ。これは、持病の発作の兆《きざし》に外ならぬ。この予兆からあと、どのくらい立ったり動いたりが出来るかを緒方は知っている。だから、急いでいるのだ。

写真は直《す》ぐ済んだ。

「どうも、フィルターが無いもんで――」

「いいですよ。見受けたところ、手つきは自信たっぷりだし、器械はローライコードだから、これで不出来なら、富士山にしろ僕にしろモデルが悪いんだ」

「いやどうも――。しかし、ここは見晴しがいいですなア。ここいらへ家を建てたら、大したものですな、一等地ですよ」

「こっちで云おうと思っていた。ところで、この墓地につづく、そこいらの畑、五六百坪もあるか、これも僕んとこのだったが、みんな売って飲んでしまった」

「ははア」

「もっとも、二十何年前の話だが——。墓地だけは売らなかった。買手も無かった」

しゃべりしゃべり、緒方はとっとと歩いた。案外足は早いですね、しかしあぶないですよ、という記者に、いや、早く結着をつけたいからだ、と答え、漸《ようや》く募《つの》って来た痛みに顔をしかめながら家へ飛び込むと、いつも用意してある寝床へもぐり込んだのである。


緒方は二十二の時、父の死によって、先祖伝来の屋敷と田畑と、倹約すれば一家が金利生活の出来る動産とを受けついだ。しかし、それらの小資産は、緒方が学生生活を終えた頃には、あとかたもなくなっていた。弟一人、妹一人が夫々《それぞれ》高等教育を受けられたのが見つけものと云えるあんばいだった。それは大正九年から十二年十三年へかけての社会経済の変動に由《よ》る点もないのではなかったが、大体は緒方自身の濫費《らんぴ》から来ている。「——旧《ふる》い苔《こけ》の重圧をはねのけ、そこから新しい人間が一人でも二人でも飛び出す、それでいいではないか。物を持つ生活、しかもそれがゆずられた物である場合、その生活はうそだ」

緒方は、昔書いた作品の中の一人物にそんな見得を切らしている。その人物は作者たる緒方の代弁者なのだ。今更でもなく、書いた当時からそれらの言葉が、緒方自身の生活態度への弁明でありジャスティフィケーションであるに過ぎないことは、知っていたのだ。旧い苔の重圧をはねのけて、いったい何者が飛び出したのだろう、と、今緒方は我が身をかえりみて苦笑するばかりだ。一場の茶番であった。旧い苔のついた庭は、滅茶々々になった。新しい庭は出来ていない。雑草だらけの空地にふらふらしているのは、旧いというにはタガがゆるみ、新しいと云うには弾力のない中途半端な可笑しな代物《しろもの》、その自分ではなかったたか。

写真をとっての帰途、「みんな売って飲んでしまった」と記者に語ったとき、緒方は叔父たちのことを考えていた。先刻叔父たちと墓参に来たとき、「飲んで了った」ことを忘れていたのではない、却って、そのことが肚にあるからなるべく無駄口を叩いたりしたのだと云える。

しかし、叔父たちは何も云わなかった。そればかりか、今はこれも人手に渡っている屋敷についてさえ、何も云わないのだ。こんな病人相手に、今更云ったって始まらぬ——叔父たちの気持は、それに尽きるのだろう、と想像し、緒方は何となく、くすぐったかった。

そう云えば、叔父たちも緒方も、当り障りない話ばかりしていたのだが、ふと、信仰についてて誰かが云い出した時、緒方が、

「実のところ、私なんか、どう考えても無信仰ですね」と云い出したのだった。

「わしは、無信仰とは云い切れないが、まア微温的なものだね。惟神道《かんながらのみち》と云ったって、勉強したわけでもなし、家が昔からの神主だから自然そうなったというぐらいだろう。それだって、おやじの代で神主は止めて、わしは造船屋だからね」

「私は、子供の時分から本居《もとおり》だの平田だのと、うちにある本を読み散らしたんですが、神道というものは、宗教としての切迫感というか、そんなものが稀薄で、のんきなものだと思います。何だか素朴な汎神論か実在論みたいで、キリスト教みたいに苦渋な原罪意識はなく、そうかと云って仏教みたいに非有、非非有、というようなやかましい無の形而上学もなく、早く云えば自然神教じゃないんですかねえ」

「人間が死ねば、みんな神になるんだからね。キリスト教の神とは大違いさ。お豊さんなんか一念発起、キリスト教になったが、あすこのうちは仏教なんだから可笑しいよ。神道の家から仏教の家へ嫁に行ってヤソになるなんて、あの人も勇壮活潑だね」

「わたしんとこなんか、わたしら一代でお終いだから、まア神道で押通すつもりだがね」

と、下の叔父が口をはさんだ。

「私もこれで葬式の世話さえなければ、宗教なんてどうでもいい方なんですけど、何しろ

長年聞き慣れたのりとなんで、死んだ時これがないと何か決りがつかないんじゃないかと思って……」笑うと、叔父たちも笑って、

「似たようなもんさね」と云った。

が、暫く黙っていた下の叔父が、緒方の顔を見て云い出した。

「しかし、あんたなんか、商売柄そっちの方はわしらより詳しいだろうし、それに、長病いなんかで、どれでもいいから信仰に縋《すが》ろうって気にはならないものかね？」

緒方はそれをきいて、本当の話が出て来たと思った。

「それなんですが、どうも私は、神や仏によって安心を求めるとか、現世の苦患を避けるとかいう気には、今のところなれないんです」

「自力本願かね」

「そういうわけでもないんですが、——何て云ったらいいか、別に救って貰う必要を認めないんです。大体そういう救いはないのじゃないですか」

「こりゃ大した増上慢《ぞうじょうまん》だよ、ハッハッ」

「いや、そういうわけでもない。——どうもうまく云えませんがね、このままでいい——とでも云いますか。その、いい、というのが、普通の肯定の意味ではないんで——」

「その考え方は、仏教の方にはあるだろう」

「あるようです。だから、しんは私は仏教徒かも知れませんね」

「いや、わしもね、神道はともかく、キリスト教と仏教を比べると、どうも仏教の方が気が合いそうだよ。ただ、坊さんのあのお経は面白くない」

「私は、上手な読経はなかなか音楽的でいいと思います。二部合唱、四部合唱なんかあって」

「その点はやっぱり、キリスト教だな」

「あの方が楽隊はいいね」

話はだんだんと軽くなり、泡のようなものになってしまった。しかし、緒方にとっては、その方が好かったのだ。重い話はごめんだ。

叔父たちだって、しんにはそれぞれ何か持っているのだ、それを出さずに何気なく話している。緒方としても、亡き母のためにその弟妹たちが集まり、何か賑《にぎや》かに話している、その風景を眺めるだけで十分だったのだ。それ以外の重いものは邪魔っけだ。

叔父たちは、それぞれ終列車の一つ前ので、西と東へ帰って行った。

「三人落ち合うのも、これが終りかも知れないぜ」と帰りしなに上の叔父が云った。

「そうありたくないものです」と緒方も笑ってうけた。「どうも有難うございました。お大事に――」

「あ」とうなずくと、半禿《はんは》げの頭の無帽で、袴《はかま》の裾《すそ》をひるがえし、振り返りもせず出て行った。

「じゃアどうも、いろいろ。――芳枝さん、たまには子供づれで遊びに来て下さいよ。看病のいき抜きにね」と、下の叔父は愛想を云い、「さよなら、さよなら」と下の子供が云うたび、振り返って手を振ったりするのだった。

「御兄弟でも、随分違うのね」と緒方の妻が云ったとき、

「なに、長男と次男坊の違いだけさ。これからは、そんなことも通用しなくなるがね」そう突っぱなすように緒方はこたえた。

五

よく晴れた日の、風も穏やかな午後一時二時、という時刻が、緒方にとっては「幸福の時」ともいうべきものであった。そういうときは、発作の起る懼《おそ》れがない。大きい声を出

しても胸に響かない。息切れもしない。だから自然と持前の大声になっている。緒方は寝床から抜け出し縁側に出る。煙草に火をつけ、うらうらとした陽ざしの中へゆっくりと煙を上げる。激しい勢で若葉を吹き出している庭前の木や草を、しげしげと眺める。「俺は、今生きて、ここに、こうしている」こういう思いが、これ以上を求め得ぬ幸福感となって胸をしめつけるのだ。心につながるもの、目につながるものの一切が、しめやかな、しかし断ちがたい愛惜の対象となるのもこういう時だ。

今日もそういう日で、緒方は縁側から下駄をつっかけると、家を半周りして門口まで出てみた。身体の調子は悪くない。そこで、ゆっくりと墓地へ向った。

綺麗に手の入った植木たちを眺め廻す。「なるほど、見越の松にもってこいだ」と、苦笑と共に、工合よくひねくれた雄松の老木を見る。もっこくは素直な庭木に仕立てられている。針杉は、もっと枝を下ろしてもよかったようだ。松の下草のこでまりは蕾《つぼみ》をもって来たらしい。いちはつは、これは少しふえ過ぎたぞ。——緒方は、どれもこれもを、丁寧に見るのだった。

俺も、遠からず、ここの、この土の下にもぐり込むのだ、と緒方は思う。そう思っても、別に心は動かない。彼は、木斛《もっこく》の幹に背をもたせ、自分がこの土の中に入った時のことを、あれこれと空想し始めた。この空想は、全然空想だから、彼には莫迦《ばか》々々しく、また面白かったのだ。

——真っ平ごめんなすって……若《も》し俺が渡世人《とせいにん》暮らしでもしていたとすると、多分そんな挨拶をして、小腰をかがめかがめ、父の下座《しもざ》あたりへ遠慮がちに、ちょこんと坐《すわ》るだろう。父はどんな顔をするか。これは一寸想像がつかぬ。母は——泣き出すかも知れない。「お祖父さんやお祖母さんのお墓の屋根を打欠いたのは、誰かと思ったら、お前さんだったんだね、ここへ来て判ったよ」それから綿々たる母の愚痴がつづく……。

だが、俺は、渡世人ではない、俺たちのことを世間では、小説家という。そして、インテリゲンチャだそうだ。そこで、インテリゲンチャの俺は、何と云ってこの土の中へ入って行ったものだろうか。いっそ、黙って入ろう。——それとも、ただ今、とでも云うか。そいつは子供っぽくていけない。もう五十、父より一つ年上なのだ。やっぱり黙って入ろう。黙って入って、誰にともなく黙礼、それから何となく微笑しながら、ずっと見渡す。居る居る。いろんなのが居るが、見た顔は少ない。見知ったのは、祖父以下九人だけだ。その祖父が三十七代目、なるほど人数も多いわけだ。——すると突然、うわオうわオとわけの判らぬ大声が起る。何事かとどきりとしたが、判って見れば何でもない、祖父が嚙《か》みつかんばかりの顔つきで呶鳴っているのだ。やっぱり中風と見えて、ロレツが廻らぬから、何のことかさっぱり判らぬ。しかし、何を怒っているのか想像はつく。「お前たちの時代に日本国をこんなにして何のざまだ。その上、昔からの緒方家は形なしにし、しかも、小さい子供らを残して早くもここへやってくるとは何たる不覚――」大方そんなことだろうと思っているうち、祖父の怒声は泣き声に変った。これは中風患者の常なのである。女丈夫型の祖母はにやにや、温厚なる封建の君子だった父は、温顔の底に憤《いきどお》りをたたえて黙然、母はハラハラしている――。大抵の小言は覚悟の上だから、恐縮顔でかしこまっているが、ある限度を超えたら、俺は急に居直るだろう。ある限度とは何か。俺のしんに、俺は俺なりに有《も》っている一つのこちんとしたもの、そいつに触れられることだ。そうなれば俺は、忽《たちま》ちふてぶてしい面つきになって、逆に云いたい放題を云いだすだろう。そこにいかに大勢の者が居ようと、俺に上越す珍らしい経験をして来たものは無いに決っているからだ。旧い日本の壊滅、旧い緒方家の没落――。

しかし、この眺め美しい墓地へもぐり込むということ、もぐり込まねばならぬという運命、それも俺で断ち切られた。第三十九代か、ふん。あとの奴らは、自由だよ、どこへでも行っていいんだ。俺は、あとの奴らのため、旧いいましめを解いてやった――。

「結構なお日よりで——お墓が綺麗になりやした」という声で緒方は我に返った。昔彼の家の小作人で、現在は墓地につづく旧緒方家所有畑の持主である百姓おやじが、小腰をかがめ、頬かむりの手拭をとりかけているのだった。

「やア、いい天気ですね」と慌てて云うと、緒方はもっこくから身を離した。それからゆっくりと墓域を出ると、南のかた、相模灘《さがみなだ》に目を放つのだった。

相変らずの眺めだ、と思う。

——俺はこの頃、何か墓場へもぐる準備ばかりしているようだが、実は、そうではないのだ、と思う。すべては「生」のためだ。人間のやることに、「死」のためということはない。人間は「死」なんか知ったためしがない、「死」を体験する主体、我はすでに無いからだ。人間は「生」のためには、自殺さえする——。

緒方は、目の前の美しい海や山のたたずまいを、初めて見るもののように、しげしげと眺め入るのだった。

（『群像』一九四八・六）

山男の四月

宮沢賢治

山男は、金いろの眼を皿のようにし、せなかをかがめて、にしね山のひのき林のなかを、兎をねらってあるいていました。

ところが、兎はとれないで、山鳥がとれたのです。

それは山鳥が、びっくりして飛びあがるとこへ、山男が両手をちぢめて、鉄砲だまのようにからだを投げつけたものですから、山鳥ははんぶん潰れてしまいました。

山男は顔をまっ赤にし、大きな口をにやにやまげてよろこんで、そのぐったり首を垂れた山鳥を、ぶらぶら振りまわしながら森から出てきました。

そして日あたりのいい南向きのかれ芝の上に、いきなり獲物を投げだして、ばさばさの赤い髪毛《かみけ》を指でかきまわしながら、肩を円くしてごろりと寝ころびました。

どこかで小鳥もチッチッと啼《な》き、かれ草のところどころにやさしく咲いたむらさきいろのかたくりの花もゆれました。

山男は仰向けになって、碧《あお》いああおい空をながめました。お日さまは赤と黄金《きん》でぶちぶちのやまなしのよう、かれくさのいいにおいがそこらを流れ、すぐうしろの山脈では、雪がこんこんと白い後光をだしているのでした。

（飴というものはうまいものだ。天道《てんと》は飴をうんとこさえているが、なかなかおれにはくれない。）

山男がこんなことをぼんやり考えていますと、その澄み切った碧いそらをふわふわうるんだ雲が、あてもなく東の方へ飛んで行きました。そこで山男は、のどの遠くの方を、ごろごろならしながら、また考えました。

（ぜんたい雲というものは、風のぐあいで、行ったり来たりぽかっと無くなってみたり、俄《にわ》かにまたでてきたりするもんだ。そこで雲助とこういうのだ。）

そのとき山男は、なんだかむやみに足とあたまが軽くなって、逆さまに空気のなかにうかぶような、へんな気もちになりました。もう山男こそ雲助のように、風にながされるのか、ひとりでに飛ぶのか、どこというあてもなく、ふらふらあるいていたのです。

（ところがここは七つ森だ。ちゃんと七っつ、森がある。松のいっぱい生えてるのもある、坊主で黄いろなのもある。そしてここまで来てみると、おれはまもなく町へ行く。町へはいって行くとすれば、化けないとなぐり殺される。）

山男はひとりでこんなことを言いながら、どうやら一人《ひとり》まえの木樵《きこり》のかたちに化けました。そしたらもうすぐ、そこが町の入口だったのです。山男は、まだどうも頭があんまり軽くて、からだのつりあいがよくないとおもいながら、のそのそ町にはいりました。

入口にはいつもの魚屋があって、塩鮭《しおざけ》のきたない俵《たわら》だの、くしゃくしゃになった鰯《いわし》のつらだのが台にのり、軒《のき》には赤ぐろいゆで章魚《だこ》が、五つつるしてありました。その章魚を、もうつくづくと山男はながめたのです。

（あのいぼのある赤い脚のまがりぐあいは、ほんとうにりっぱだ。郡役所の技手《ぎて》の、乗馬ずぼんをはいた足よりまだりっぱだ。こういうものが、海の底の青いくらいところを、大きく眼をあいてはっているのはじっさいえらい。）

山男はおもわず指をくわえて立ちました。するとちょうどそこを、大きな荷物をしょった、汚《きた》ない浅黄《あさぎ》服《ふく》の支那人《しなじん》が、きょろきょろあたりを見まわしながら、通りかかって、いきなり山男の肩をたたいて言いました。

「あなた、支那反物《たんもの》よろしいか。六神丸《ろくしんがん》たいさんやすい。」

山男はびっくりしてふりむいて、

「よろしい。」とどなりましたが、あんまりじぶんの声がたかかったために、円い鈎《かぎ》をもち、髪をわけ下駄をはいた魚屋の主人や、けらを着た村の人たちが、みんなこっちを見ているのに気がついて、すっかりあわてて急いで手をふりながら、小声で言い直しました。

「いや、そうだない。買う、買う。」

するとし支那人は
「買わない、それ構わない、ちょっと見るだけよろしい。」

と言いながら、背中の荷物をみちのまんなかにおろしました。山男はどうもその支那人のぐちゃぐちゃした赤い眼が、とかげのようでへんに怖くてしかたありませんでした。

そのうちに支那人は、手ばやく荷物へかけて黄いろの真田紐《さなだひも》をといてふろしきをひらき、行李《こうり》の蓋《ふた》をとって反物のいちばん上にたくさんならんだ紙箱の間から、小さな赤い薬瓶のようなものをつかみだしました。

(おやおや、あの手の指はずいぶん細いぞ。爪もあんまり尖《とが》っているしいよいよこわい。)

山男はそっとこうおもいました。

支那人はそのうちに、まるで小指ぐらいあるガラスのコップを二つ出して、ひとつを山男に渡しました。

「あなた、この薬のむよろしい。毒ない。決して毒ない。のむよろしい。わたしさきのむ。心配ない。わたしビールのむ、お茶のむ。毒のまない。これながいきの薬ある。のむよろしい。」支那人はもうひとりでかぷっと呑《の》んでしまいました。

山男はほんとうに呑んでいいだろうかとあたりを見ますと、じぶんはいつか町の中でなく、空のように碧いひろい野原のまんなかに、眼のふちの赤い支那人とたった二人、荷物を間に置いて向いあって立っているのでした。二人のかげがまっ黒に草に落ちました。

「さあ、のむよろしい。ながいきのくすりある。のむよろしい。」支那人は尖った指をつき出して、しきりにすすめるのでした。山男はあんまり困ってしまって、もう呑んで遁《に》げてしまおうとおもって、いきなりぷいっとその薬をのみました。するとふしぎなことには、山男はだんだんからだのでこぼこがなくなって、ちぢまって平らになってちいさくなって、よくしらべてみると、どうもいつかちいさな箱のようなものに変って草の上に落ちているらしいのでした。

（やられた、畜生、とうとうやられた、さっきからあんまり爪が尖ってあやしいとおもっていた。畜生、すっかりうまくだまされた。）山男は口惜《くや》しがってばたばたしようとしましたが、もうただ一箱の小さな六神丸ですからどうにもしかたありませんでした。

ところが支那人のほうは大よろこびです。ひょいひょいと両脚をかわるがわるあげてとびあがり、ぽんぽんと手で足のうらをたたきました。その音はつづみのように、野原の遠くのほうまでひびきました。

それから支那人の大きな手が、いきなり山男の眼の前にでてきたとおもうと、山男はふらふらと高いところにのぼり、まもなく荷物のあの紙箱の間におろされました。

おやおやとおもっているうちに上からばたっと行李の蓋が落ちてきました。それでも日光は行李の目からうつくしくすきとおって見えました。

（とうとう牢《ろう》におれははいった。それでもやっぱり、お日さまは外で照っている。）山男はひとりでこんなことを呟《つぶ》やいて無理にかなしいのをごまかそうとしました。するとこんどは、急にもっとくらくなりました。

（ははあ、風呂敷をかけたな。いよいよ情けないことになった。これから暗い旅になる。）

山男はなるべく落ち着いてこう言いました。

すると愕《おど》ろいたことは山男のすぐ横でものを言うやつがあるのです。

「おまえさんはどこから来なすったね。」

山男ははじめぎくっとしましたが、すぐ、

（ははあ、六神丸というものは、みんなおれのようなぐあいに人間が薬で改良されたもんだな。よしよし。）と考えて、

「おれは魚屋の前から来た。」と腹に力を入れて答えました。すると外から支那人が噛《か》みつくようにどなりました。

「声あまり高い。しずかにするよろしい。」

山男はさっきから、支那人がむやみにしゃくにさわっていましたので、このときはもう一ぺんにかっとしてしまいました。

「何だと。何をぬかしやがるんだ。どろぼうめ。きさまが町へはいったら、おれはすぐ、この支那人はあやしいやつだとどなってやる。さあどうだ。」

支那人は、外でしんとしてしまいました。じつにしばらくの間、しいんとしていました。山男はこれは支那人が、両手を胸で重ねて泣いているのかなとおもいました。そうしてみると、いままで峠や林のなかで、荷物をおろしてなにかひどく考え込んでいたような支那人は、みんなこんなことを誰《たれ》かに云われたのだなと考えました。山男はもうすっかりかあいそうになって、いまのはうそだよと云おうとしていましたら、外の支那人があわれなし

わがれた声で言いました。

「それ、あまり同情ない。わたし商売たたない。わたしおまんまたべない。わたし往生する、それ、あまり同情ない。」山男はもう支那人が、あんまり気の毒になってしまって、おれのからだなどは、支那人が六十銭もうけて宿屋に行って、鰯の頭や菜っ葉汁《じる》をたべるかわりにくれてやろうとおもいながら答えました。

「支那人さん、もういいよ。そんなに泣かなくてもいいよ。おれは町にはいったら、あまり声を出さないようにしよう。安心しな。」すると外の支那人は、やっと胸をなでおろしたらしく、ほおという息の声も、ぽんぽんと足を叩いている音も聞えました。それから支那人は、荷物をしょったらしく、薬の紙箱は、互《たがい》にがたがたぶっつかりました。

「おい、誰だい。さっきおれにものを云いかけたのは。」

山男が斯《こ》う云いましたら、すぐとなりから返事がきました。

「わしだよ。そこでさっきの話のつづきだがね、おまえは魚屋の前からきたとすると、いま鱸《すずき》が一匹いくらするか、またほしたふかのひれが、十両《テール》に何斤《ぎん》くるか知ってるだろうな。」

「さあ、そんなものは、あの魚屋には居なかったようだぜ。もっとも章魚《たこ》はあったがなあ。

あの章魚の脚つきはよかったなあ。」

「へい。そんないい章魚かい。わしも章魚は大すきでな。」

「うん、誰だって章魚のきらいな人はない。あれを嫌いなくらいなら、どうせろくなやつじゃないぜ。」

「まったくそうだ。章魚ぐらいりっぱなものは、まあ世界中にないな。」

「そうさ。お前はいったいどこからきた。」

「おれかい。上海《しゃんはい》だよ。」

「おまえはするとやっぱり支那人だろう。支那人というものは薬にされたり、薬にしてそれを売ってあるいたり気の毒なもんだな。」

「そうでない。ここらをあるいてるものは、みんな陳《ちん》のようないやしいやつばかりだが、ほんとうの支那人なら、いくらでもえらいりっぱな人がある。われわれはみな孔子《こうし》聖人《せいじん》の末なのだ。」

「なんだかわからないが、おもてにいるやつは陳というのか。」

「そうだ。ああ暑い、蓋をとるといいなあ。」

「うん。よし。おい、陳さん。どうもむし暑くていかんね。すこし風を入れてもらいたいな。」

「もすこし待つよろしい。」陳が外で言いました。

「早く風を入れないと、おれたちはみんな蒸れてしまう。お前の損になるよ。」

するとお陳が外でおろおろ声《ごえ》を出しました。

「それ、もとも困る、がまんしてくれるよろしい。」

「がまんも何もないよ、おれたちがすきでむれるんじゃないんだ。ひとりでにむれてしまうさ。早く蓋をあけろ。」

「も二十分まつよろしい。」

「えい、仕方ない。そんならも少し急いであるきな。仕方ないな。ここに居るのはおまえだけかい。」

「いいや、まだたくさんいる。みんな泣いてばかりいる。」

「そいつはかあいそうだ。陳はわるいやつだ。なんとかおれたちは、もいちどもとの形にならないだろうか。」

「それはできる。おまえはまだ、骨まで六神丸になっていないから、丸薬さえのめばもとへ戻る。おまえのすぐ横に、その黒い丸薬の瓶がある。」

「そうか。そいつはいい、それではすぐ呑もう。しかし、おまえさんたちはのんでもだめか。」

「だめだ。けれどもおまえが呑んでもとの通りになってから、おれたちをみんな水に漬けて、よくもんでもらいたい。それから丸薬をのめばきっとみんなもとへ戻る。」

「そうか。よし、引き受けた。おれはきっとおまえたちをみんなもとのようにしてやるからな。丸薬というのはこれだな。そしてこっちの瓶は人間が六神丸になるほうか。陳もさっきおれといっしょにこの水薬をのんだがね、どうして六神丸にならなかったろう。」

「それはいっしょに丸薬を呑んだからだ。」

「ああ、そうか。もし陳がこの丸薬だけ呑んだらどうなるだろう。変らない人間がまたもとの人間に変るとどうも変だな。」

そのときおもてで陳が、

「支那たものよろしいか。あなた、支那たもの買うよろしい。」

と云う声がしました。

「ははあ、はじめたね。」山男はそっとこう云っておもしろがっていましたら、俄かに蓋があいたので、もうまぶしくてたまりませんでした。それでもむりやりそっちを見ますと、ひとりのおかっぱの子供が、ぽかんと陳の前に立っていました。

陳はもう丸薬を一つぶつまんで、口のそばへ持って行きながら、水薬とコップを出して、

「さあ、呑むよろしい。これながいきの薬ある。さあ呑むよろしい。」とやっています。

「はじめた、はじめた。いよいよはじめた。」行李のなかでたれかが言いました。

「わたしビール呑む、お茶のむ、毒のまない。さあ、呑むよろしい。わたしのむ。」

そのとき山男は、丸薬を一つぶそっとのみました。すると、めりめりめりめりっ。

山男はすっかりもとのような、赤髪《あかがみ》の立派なからだになりました。陳はちょうど丸薬を水薬といっしょにのむところでしたが、あまりびっくりして、水薬はこぼして丸薬だけのみました。さあ、たいへん、みるみる陳のあたまがめらあっと延びて、いままでの倍になり、せいがめきめき高くなりました。そして「わああ。」と云いながら山男につかみかかりました。山男はまんまるになって一生けん命遁《に》げました。ところがいくら走ろうとしても、足がから走りということをしているらしいのです。とうとうせなかをつかまれてしまいました。

「助けてくれ、わあ、」と山男が叫びました。そして眼をひらきました。みんな夢だったのです。

雲はひかってそらをかけ、かれ草はかんばしくあたたかです。

山男はしばらくぼんやりして、投げ出してある山鳥のきらきらする羽をみたり、六神丸の紙箱を水につけてもむことなどを考えていましたがいきなり大きなあくびをひとつして言いました。

「ええ、畜生、夢のなかのこった。陳も六神丸もどうにでもなれ。」

それからあくびをもひとつしました。


（『イーハトヴ童話　注文の多い料理店』杜陵出版部・東京光原社、一九二四・一二）

かたくり

水野葉舟

私が――これは私たちがと言った方がいいのだ。その時には私たちは三人づれでそこに出かけて行ったのだから――村はずれの谷田《やつだ》の澪《みお》に沿った堤で、初めてカタクリの群落を見つけたのは、ほんの偶然の機会であった。

四月にはいったばかりの或《あ》る日。林にも野にも春の力が動き出しているはずだのに、見渡した目には冬そのままの枯色がまだつづいている。目立たない微かないろいろの感覚にも、肌が感じる日光空気にも、そこらじゅうから逞《たくま》しく湧き立つ力の動きが感じられるのに、林野の相貌は眠ったままで変らない。それが捉え難い物足りなさもどかしさを心に起させる。――その季節の、すっかり退屈しきった或る日の事だった。私は朝から向いあって話していた若い友達を誘って、今じぶん一番鋭く春が感じられるだろうと思う谷田の方に出かけて行ったのであった。

丘の裾から絞れ出ている水の小溝があるので、その澪に添った道には乾き勝ちの台地の上よりも、流れの湿りが早めに草の根を目覚めさせていると思われたので、そこの道にういういしい早春の動きを見に行ったのである——午《ひる》ちょっとすぎた日の光を受けてきらきら光って流れている水が、はたしてもう暖かい柔かさを見せていた。流れの岸や隅の処《ところ》に根を張っているスゲの枯れた古葉の傍からは、新しい芽の角が逞しく出ているしその根株にかくれたり、そこから走って泳ぎ出したりする小さいタナゴやハヤの子がすっかり活潑になっている。セリの冬をしのいで来た褐色の葉にも、鮮かに緑がさして柔かそうに見えている。

一緒に歩いていた一人が、いつの間にかぐやぐやした田の畔《あぜ》を渡って、やつの向側に行っていたが、ふいと大きな声でこちら側にいる者たちを呼んだ。

「これは何でしょう。」と言っている。何か見馴れないものを見つけたに違いない。

「何か見つけたのか。」こちらから声をかけると「見た事のない草ですよ。綺麗な花です。」といってその場所を離れないで立っている。私達も危く壊《く》えこみそうな細い畔を渡ってそこに行くと、足もとの処を指さしして見せられる。

「カタクリだ。」私は喜びの声をあげて言った。ちょうど昨日あたりから開き始めたらしい若い花が、そこに二つ揃って首をかしげていた。そのまわりには紫の斑様をもった卵形の大きい一つ葉が十二三枚、そちらこちらに生えている。

「なるほど、こんな処に生えていたのか……カタクリがここの野にはあると聞いていたが、なるほど……」私は独りで感じ入ってそれに見入った。

それから花だけを摘んで、なおそちら側の小溝に添って下って行くと、その堤にはどこまでもつづいてカタクリの一つ葉が開いているし、処どころに紫の美しい花が咲いている。

その夜、私は景子に手紙を書いた。これを読んだら景子がさぞ喜ぶだろうと思いながら、今日偶然カタクリの群落を見つけた事を知らせたのだった。その中にカタクリの小さい百合形の紫の花を端厳微妙の美しさだと書いた。私が予期した通りの反響をもって景子はその手紙を読んだのであった。そのあとで訪ねて来るたびにカタクリの事を言い出し、一緒にそれを掘りに行こうといって、いつも私を誘うのであった。

しかし、六月が半ばすぎになると、もうカタクリ掘りはむずかしくなる。なぜなら、その頃には種子の袋は熟して実が飛び出してしまい、葉はほぼ枯れて、土の上からこの草は姿を消しているからである。

四月から五月にかけて、何か少し紛れていると、もうカタクリは土の中の球根だけになってしまうので、景子に約束をしながらうかうかと二三年そのままですごしてしまった。景子も初めの心持が薄らいで来たらしく、カタクリ掘りの話はしなくなった。

私ははっきり覚えている。十四年の寒《かん》が明けて間もなく或る日の事であった。はればれした様子で訪ねて来た景子は、私の家に近い場所に、も一ケ所カタクリの別の群落のある処を教わって来たと、得意そうな様子で話をした。私がカタクリを見つけたと知らせてやりながら、そのまま三四年もそこにつれて行かずにいるのを思い浮べてどことなく心の中で反撥《はんぱつ》するものを含んでいる得意そうな風だった。私はその子供らしい感情がおかしかったが、笑い出しはしないで、「あんな処にもあるのか。あんな道のふちにもね。それではそちらの方が足場がいいから今年の春は忘れないで一緒に掘りに行きましょう。」といった。

景子はぜひ行きましょうと意気ごんで約束をして帰った。それから四月にはいると忘れずにその仕度をして訪ねて来た。いかにも元気のいい身軽な身づくろいをして、その前の年だったかに新しく買ったやや小型の胴乱を、ちょっと気取った風に手にさげて訪ねて来たのだった。

それに誘い出されて一緒に歩いて行く道でも、景子は声をはずませ心が勇んでいる風であった。歩く足どりにも若い弾力をもっていて、私はもうこの娘の健康はこの三四年この方の様子で確かになったと信じたのであった。(この日の爽かな景子を思い出すと、今でも私もつい不覚にも涙ぐんで来る。)

景子が新しく教わって来た群落もやはり西向きの傾斜地になっている林の中であった。(その後、私が友達と二人で見つけた三番目の群落も西向きの傾斜地だった。この平野にあるカタクリの群落はそういう場所にきまっているのかも知れない。)そこへはいって見ると、いまちょうど花盛りで、あの美しい花が数えきれないほどひらひら咲いていた。それを見た時の景子の喜び方は！――幼い女の児がい、い、ものを貰った時に嬉しくってたまらずに手をたたいて声をあげる。それとそっくりであった。そしてこの場所は他の人には決して教えまいと繰り返して言い、私にも人に教えるなと頻《しき》りに念をおすのであった。

私は笑いながら景子に同感していた。私も実に嬉しかったのだが、それは景子の喜ぶのが嬉しかったのである。この娘がよその家の人だという事を忘れて、自分の娘が心を弾ませているのを見ている気がしてしかたなかったのである。

私たちはここで二つの胴乱一杯になるほどカタクリを掘った。

その年の秋頃から景子にあうと、何となくその呼吸に力がないのが感じられて来た。坐《すわ》っているのを見ると膝がうすくなっているのに気がつく。それを見て私が「景子さん、少しからだよくないようだよ。気をおつけなさいよ。」というと、私が覗いて見てはならないものを見たように、いつにもない鋭い顔をして、「何ともありません。」と強く首をふるのだった。

「気をつけないといけない。」私はなおそれをおしつけるように言うと、その瞼に薄い影を見せて、うなずく。――そういう事が幾度かあった。

そしてその年の冬を越した頃から、景子の訪ねて来るのが遠々《とおどお》しくなった。手紙も稀になって来た。

翌年の四月にはいって、

「かたくりが芽を出しました。」と、右に寄せて一行だけ書いた葉書がとどいた。

私は心を驚かされた感がしてその空白の多い一枚の紙を見入っていた。どうとも私には判断しかねるものがその奥に有る。あの赤い瑪瑙《めのう》のようなカタクリの芽が、土を抜いて出た嬉しさで、景子が心を踊《おど》らしたのに違いないが、恐しい力が景子を犯したのではないかとも思われる。私は黙っているより仕方がなかった。――たしかにからだが悪いに違いない。しかし見に行けばそれをかくそうとするだろう。私には景子の心持がよく解っている。

しかしその二三日あとで、陽がだんだん暖かになって来るのに誘われて、今年もカタクリ掘りに来ないかと誘ってやった。それは決して景子を試そうとしたのではなかった。ただまだ暖かい日の静かな散歩ぐらいさえ景子には重荷になっている、とは、少しも思って居なかっただけであった。

それには、四月はすぎても返事がなかった。その間、私は時折、今日あたりは又景子が胴乱を下げて、カタクリ掘りに来たといって、訪ねて来ないかと心待ちにしていた日が幾度かあった。

景子来なばかたくり掘りにゆくべしと空しく待ちてすごせし日ありき

（『小品集　隣人』今日の問題社、一九四三・八）

ギャロッピング・フォックスリー

ロアルド・ダール
（田口俊樹訳）

この三十六年、私は週に五日、シティまで八時十二分の列車で通勤している。この電車は決して混みすぎることなく、キャノン・ストリート駅まで私をまっすぐに運んでくれる。そこからオースティン・フライアーズ〔シティの一地区〕にある私のオフィスまでは歩いてわずか十一分半の近さだ。

この通勤経路が昔から気に入っている。小さなこの旅はどこをとっても愉しい。そこには規則正しさがあり、習慣に則った生活を送る者にはなんとも好ましい居心地のよさがある。加えて、この旅は船の斜路のような役割も果たしてくれている。そっとやさしく、しかし、確実に、私を日常業務の海へと送り出す。

利用しているのは小さな田舎駅で、八時十二分の電車に乗るためにやってくるのはせいぜい十九人か二十人といったところだ。顔ぶれはめったに変わらず、たまに新顔がプラットフォームに現われると、まるでカナリアの籠に新しい鳥が入れられたときのように、一種の拒絶反応、抗議のさざ波が走る。

私が四分の余裕を持って駅に着く頃にはたいていみんなそろっている。善良で、真面目で、堅実な人たちがいつもの場所に立っている。いつもの傘、いつもの帽子、いつものネクタイで、いつもの顔ぶれが新聞を小脇にはさんで立っている。わが家の居間にある家具同様、何年も変わらず、これからも変わることはない。私はそこが好きだ。

いつもの隅の窓側に坐《すわ》り、電車の音と揺れに身を任せて《タイムズ》を読むのも好ましい。通勤のこの部分は三十二分続くのだが、時間をかけた上手なマッサージのように、私の脳と気むずかしく歳を取った体を癒してくれる。嘘ではない。習慣的な繰り返しや規則正しさほど心の平安を守ってくれるものもない。朝のこの旅はこれまでにすでに一万回近くもしているが、日増しにますます愉しくなっている。また（話はそれるが、おかしなことに）私自身が時計そのものになっている。電車が二分か三分、あるいは四分遅れたら、そのことがすぐにわかるし、どの駅に停車しているかも顔を上げなくてもわかる。

キャノン・ストリート駅からオフィスまでの道のりは長すぎも短すぎもせず、私同様に判で押したように決まった時間に職場に向かう通勤者でいっぱいの通りを歩くのは、健康的な軽い散歩のようなものだ。信頼できそうな、堂々とした人たち、転々と職を変えることなどなく、世界をほっつき歩くこともない人たちに囲まれて歩いていると、安心できる。彼らの生活は私自身の生活同様、正確な時計の長針によってきちんと管理されており、同じ時間に同じ通りの同じ場所で出くわすことがしょっちゅうある。

たとえばこんなふうに。角を曲がってセント・スウィッシンズ・レーンにはいると、いつも決まって上品な中年女性に出くわすのだ。銀ぶちの鼻眼鏡をかけ、手には黒いブリーフケースを持っている――おそらくは優秀な会計士、もしかしたら繊維会社の重役かもしれない。信号に従ってスレッドニードル・ストリートを渡るときには、毎日襟穴に十回に九回は庭の花――それもいつも異なる種類の花――を挿している紳士とすれちがう。黒いズボンにグレーの短いゲートルを合わせ、明らかに時間に正確で、いかにも几帳面といった感じのご仁《じん》だ。たぶん銀行員、もしかしたら私と同じ事務弁護士かもしれない。横断歩道を急ぎ足ですれちがうときに、この二十五年で何度かちらっと眼を合わせたことがある。お互い相手に対する称賛と敬意を込めて。

今ではこの短い道のりですれちがう顔の少なくとも半分になじみがある。彼らもまたいい顔をしている。私好みの顔、私好みの人たちだ——健全で、勤勉で、実質本位の人たち。落ち着きのない、ぎらぎらした眼——労働党政権やら社会医療制度やら何やらで世界をひっくり返したがっている、いわゆる小賢《こざか》しいタイプにありがちな眼——とは無縁の人たちだ。

私があらゆる意味において通勤に満足していることがこれでおわかりいただけたことだろう。いや、通勤に満足していたと言ったほうがより正確だろうか。ここまでお読みいただいたささやかな自叙的スケッチ——オフィスのスタッフを励ますための模範例として回覧しようと思ったのだ——を書いていた時点では、私は完璧に正直な自分の気持ちを書き表わしていた。しかし、それはちょうど一週間前のことで、それ以降、いささか異常なことが起きている。正確に言うと、先週の火曜日から。下書きをポケットに入れて大都会ロンドンに向かおうとしていたまさにその朝から。あまりにタイミングよく、偶然にしては出来すぎで、私には今でも神の御業としか思えない。つまり、神が私のささやかな随筆を読んでこう思ったのだ。「パーキンズという男は自己満足が過ぎる。今こそ教訓を与えるべきだ」実際そういうことだったのだろう。私は心底そう信じている。

さっきも言ったように、それは先週の火曜日のことだった。復活祭のすぐあとの火曜日、黄色い陽の射す暖かな春の朝、私は《タイムズ》を小脇にはさみ、ポケットには『満ち足りた通勤者』の原稿を入れ、小さな田舎駅のプラットフォームに一歩踏み出したところだった。何かがちがうことにはすぐに気づいた。奇妙でかすかな抗議のさざ波が通勤仲間のあいだに広がっているのが肌に感じ取れたのだ。私は立ち止まり、あたりを見まわした。

見慣れない男がプラットフォームの真ん中に立っていた。足を広げ、腕を組み、全世界を待ち受けているような顔をしていた。あたり一帯すべてが自分のものだと言わんばかりに。大柄でがっしりとして、背後から見ただけでも傲慢で粘着質という印象が強く伝わってきた。絶対に私たちの同類ではない。傘のかわりに籐《とう》製のステッキを持ち、靴は黒ではなく茶色、グレーの帽子を妙な角度に傾けてかぶり、あれやこれや、シルクと金ぴかを身につけすぎているように思え、それ以上は観察する気にもならなかったので、私は顔を空に向けたまま、彼のすぐ脇をまっすぐに通り過ぎた。そうすることで、すでに冷ややかになっているあたりの雰囲気がもっと冷ややかなものになることを心底願いながら。

電車がやってきた。私に続いて、その新顔も私専用のコンパートメントに乗ってきた！　できるならどうか想像してほしい。そのとき私がどれほどぞっとしたか！　過去十五年、私に対してそんなことをした者はひとりもいなかった。通勤仲間はいつも年長者である私に敬意を表してくれていた。最低でも一駅、ときには二駅か三駅、その場所をひとり占めすること。それが私の特別でささやかな愉しみのひとつなのだ。それがあろうことか、そいつも、その新参者もはいってくるとは。私の向かいに坐ると、脚を大きく広げ、鼻をかみ、大衆が読む《デイリー・メール》をがさがさ言わせて、胸くそ悪いパイプに火までつけるとは。

私は広げた《タイムズ》を下げて、新聞のへりから男の顔をちらりと盗み見た。私と同年代——六十二、三歳——だろうか。しかし、不愉快なほどハンサムで、褐色の肌はまるでなめし革のようだった。近頃、紳士用のシャツの広告で見かけるような男——ライオン狩猟者、ポロの選手、エヴェレスト登山家、熱帯地方の探検家、ヨットレースの選手、それらすべてを合わせてひとつにしたような男で、濃い眉と鋼のように冷たい眼とパイプを嚙む立派な白い歯の持ち主だった。これは私の個人的な見解だが、私はハンサムな男はいっさい信用しない。この世の軽佻浮薄《けいちょうふはく》な快楽をいとも簡単に手に入れ、見た目のよさは自分の努力の賜物だと言わんばかりに世を渡っているような男など金輪際信用しない。女性が美しいのはかまわない。それはまた別な話だ。しかし、男の場合は、申しわけないが、どうにも腹が立つのだ。コンパートメントの席の真向かいにそういう男に坐られてしまったのだ。私は《タイムズ》越しにのぞき見つづけた。すると、突然そいつが顔を上げ、眼が合ってしまった。

「パイプを吸っててもかまわないかな？」とそいつは指でパイプを持ち上げて訊《き》いてきた。それしか言わなかった。が、いきなり聞こえた彼の声は私には途方もない効果があった。実際、飛び上がってしまったのではないかと思う。そのあとは凍りついたようになって、少なくとも一分は彼を凝視してから、ようやく自分を取り戻して答えた。

「喫煙車ですからご遠慮なく」

「一応訊くべきだろうって思ったもんでね」

この口調。妙に歯切れのいい聞き覚えのある声。短い音が口から次々に飛び出してくるような、まるでラズベリーの種を発砲する小型速射砲のような、小さくともとても強い声。どこで聞いたのだろう？　それに、どうしてひとことひとことが記憶のはるか彼方の小さくて感じやすい場所に突き刺さるような気がするのだろう？　おいおい、と私は自分に呼びかけた。しっかりしてくれ。なんて無意味なことを考えてるんだ？

新参者は新聞に戻った。私も同じく新聞を読むふりをした。しかし、ひどく心を乱され、まったく集中できなかった。かわりに社説面越しにさらに盗み見た。実に我慢のならない顔だ。下品で、ほとんど好色そうな下品な二枚目で、肌はどこもかしこもてらてらと嫌らしく光っている。私はこれまでの人生のどこかでこの顔を見たことがあるのか、それともないのか？　あるような気がしはじめた。見ているだけで、ことばではまったく説明できない妙な不快感――痛みや暴力、たぶん恐怖とさえつながっている不快さがあった。

電車を降りるまでそれ以上は何も話さなかった。が、私の規則正しい日常が目茶目茶にされたことはみなさんにも想像してもらえると思う。私の一日はこれでもう台無しだった。オフィスのスタッフもひとりならず、私の物言いがいつもより辛辣なことに気づいたことだろう。私に対して私の胃袋が辛辣な物言いをしはじめた昼食後はなおさら。

翌朝、男はまたプラットフォームの真ん中に立っていた。ステッキ、パイプ、シルクのスカーフ、それに胸くそが悪くなるようなハンサムな顔をして。私は男の脇を通り過ぎ、ミスター・グルミットという株式仲買人のそばまで行った。グルミットとは二十八年以上同じ電車で通勤している。しかし、会話らしい会話をしたことはそれまで一度もなかったと思う――われらが駅ではみな互いに距離を取り合っているようなところがあった――しかし、こうした危機がきっかけになって堅苦しさが取れるというのはままあることだ。

「グルミット」と私は声をひそめて言った。「あのいけすかない男は誰だ？」

「さあ、まったくわからない」とグルミットは言った。

「かなり不愉快なやつだ」

「確かに」

「常連にならないといいが」

「そんなことになったらたまらんよ」

やがて電車が到着した。

今回はほっとしたことに、男は別のコンパートメントに坐った。

しかし、その翌朝、私はまた男と一緒の席になった。

「今日はなんとも」と彼は私の真向かいに深々と坐りながら言った。「すばらしい《トッピング》天気だね」またしても記憶がゆっくりと掻き乱された。今回は前回より強くより近く呼び戻されたように感じられた。しかし、表面近くまで浮かんできているのに、まだたぐり寄せることはできなかった。

そして金曜日、週の最後の日だ。駅まで車を走らせているときには雨が降っていたのを覚えている。しかし、何もかもが光り輝く暖かい四月に降るにわか雨は五、六分しか続かず、プラットフォームを歩く頃には、みんなの傘もすべてたたまれていた。陽射しが降り注ぎはじめ、空には大きな白い雲がいくつも浮かんでいた。にもかかわらず、私は憂鬱だった。もはやこの通勤にはなんの喜びも感じられなくなっていた。新参者がいることがわかっていたからだ。案の定いた。ここはおれの場所だと言わんばかりに両足を広げて立っていた。そして、今日は何気ない様子でステッキを前後に揺らしていた。

ステッキ！　これでわかった！　私はまるで銃に撃たれたかのように動きを止めた。

「フォックスリー！」私は思わず小声で叫んだ。「走りまくり《ギャロッピング》のフォックスリー！　今でもステッキを振ってるとは！」

もっとよく見ようと私は近寄った。これほど衝撃を受けたのは生まれて初めてだった。フォックスリーにまちがいない。ブルース・フォックスリー、または〝ギャロッピング・フォックスリー〟と呼ばれていた。最後に会ったのは、そう――学校だ。私がまだ十二、三歳の頃だ。

そのとき電車がプラットフォームにはいってきた。フォックスリーが私のコンパートメントに来ないでくれればよかったのだが。彼は帽子とステッキを棚にのせると席に坐り、パイプに火をつけた。そして、煙越しに、かなり小さな冷たい眼で私をちらりと見ると言った。「今日はなんともけっこう《リッピング》な天気じゃないか。まるで夏みたいだな」

声はもはや聞きまちがえようがなかった。まったく変わっていなかった。ただ、会話の中身はあの頃よく聞かされたこととはちがっていたが。

「いいだろう、パーキンズ」彼はよくそう言ったものだ。「いいだろう、このちびクソ。これでまたお仕置きだ」

あれは何年前のことか？　五十年近くになるにちがいない。それにしても、彼の特徴がまるで変わっていないのは驚くほどだ。あの頃と同じ傲慢な顎の上げ方、大きく開いた鼻の穴。蔑んだように凝視する眼はとても小さく、そしてわずかに両眼が寄りすぎているせいで人を不安にさせるところも昔のままだ。人に向かって顔をぐいと突き出し、ずけずけと人の心に踏み込んできて、人を隅に追いつめる態度も相変わらずだ。覚えているかぎり髪さえ変わっていない――ごわごわとして、わずかにウェーヴのかかった髪全体にちょっとばかりヘアオイルをつけている。まるでドレッシングとよく混ぜたサラダだ。そう言えば、彼の部屋のサイドテーブルには緑色をしたヘアトニックの壜《びん》がよく置かれていた。部屋の掃除をしなければならないときには、そこにあることがわかっているすべてのものが嫌いになるものだが、その壜には王室の紋章が描かれたラベルが貼られていた。ボンド・ストリートにある店の名前があり、その下に小さな文字で〝エドワード七世御用達《ごようたし》〟と書かれていた。このことを特に覚えているのは、禿げ同然の人——たとえそれが国王であっても——の理容師であることを自慢しようなどというのは、あまりに滑稽だと思ったからだ。

私はフォックスリーが座席にゆったりともたれ、新聞を読みはじめるのを見つめた。不思議な気分だった。一ヤードしか離れていないところに、五十年前、私にみじめな思いをさせ、自殺まで考えさせた男が坐っているのだ。彼は私に気づいていない。口髭のおかげでばれる心配はまずなかった。私は安全だ。ここに坐って好きなだけ彼を観察していられる。

あの頃——入学初年度——を振り返ってみると、私はブルース・フォックスリーの手にかかり、こっぴどく苦しめられていた。そのことに疑問の余地はない。が、おかしいのは、そんな目にあうことになるそもそもの原因がはからずもすべて私の父にあったことだ。私は十二歳と半年で、その伝統あるパブリックスクールに入学した。あれは、そう、一九〇七年、シルクハットにモーニングコートといういでたちの父に、学校の最寄りの駅まで連れていってもらったときのことだ。そのときのことは今でもよく覚えている。山積みにされた木のタックボックス〔寮にはいっている子供に家庭から届けられる菓子を入れる箱〕とトランク、それに何千人もいるかと思えるほど大勢の大柄な少年たちに囲まれ、私たちはプラットフォームに立っていた。少年たちは群れをなしてやたらと動きまわり、おしゃべりをしたり、大声で呼ばわり合ったりしていた。そんな中、誰かが私たちのそばを通ろうとして、いきなり父の背中をうしろから強く押した。その拍子に父は危うく転びそうになった。

私の父は小柄で、礼儀を重んじる厳格な紳士だった。驚くほどのすばやさで振り返ると、突き飛ばした犯人の手首をつかんで言った。

「ここの学校ではその程度の礼儀しか教えないのか？」

その少年は父より少なくとも頭ひとつ分背が高く、冷ややかにせせら笑うような眼で傲岸に父を睨《ね》めつけた。何も言わずに。

「謝罪があってしかるべきだと私は思うが」と父は少年を見返して続けた。

しかし、その少年は口元にあの尊大で奇妙な笑みを薄く浮かべ、顎の先をますますまえに突き出し、蔑むような眼を鼻越しに父に向けただけだった。

「きみはまるで躾《しつけ》のなっていない生意気盛りの子供みたいだな」と父はさらに続けた。

「私としてはきみがこの学校の例外的存在であることを祈るほかはないな。私の息子たちにはどの子にもきみみたいな振る舞いは覚えさせたくないからね」

大柄な少年はそこで頭をわずかに私のほうに傾けると、小さくて冷ややかで、やや寄り眼がちの双眸《そうぼう》で私の眼をのぞき込んできた。そのときはことさら怖いとは思わなかった。何も知らなかったのだ――パブリックスクールにおける、下級生を支配する上級生の権力についてなど何も。崇拝し、尊敬する父の側に立って、少年をきっと見返したことを今でも覚えている。

父がさらに何か言おうとすると、少年はただ背を向け、プラットフォームの人混みのほうへ悠然と歩き去った。

ブルース・フォックスリーはこのときのことを決して忘れなかった。で、言うまでもなく、そのことに関して私にとって実に不運だったのは、学校に着くなり、自分が彼と同じ寄宿舎にはいることがわかったことだ。さらに悪いことに――自習室まで同じだった。彼は最上級生で、しかも監督生――わが校では〝ボーザー〟と呼ばれていた――で、〝ボーザー〟には雑用係の下級生に体罰を加えることが公に認められていた。そんなフォックスリーと自習室が同じというだけで、私はおのずと彼専属の奴隷になった。彼の従者、コック、メイド、使い走りになったのだ。どうしても必要な場合を除き、彼には指一本もたげさせてはならない。それが私の務めだった、わが校のちっぽけでみじめな雑用係は〝ボーザー〟にどこまでも用を言いつかる。召使いがこれほどあれこれやらされる社会など、私の知るかぎり世界じゅうどこにもない。朝など、凍てつくほど寒かろうと雪が降っていようと、毎朝食後にトイレに行き（屋外にあって、暖房がないのだ）あとから来るフォックスリーのために、便座を自分の尻で温めるといったことまでさせられるのである。

部屋を歩く彼の姿が今でも眼に浮かぶ。自由気ままに優雅な足取りでぶらつき、その進路に椅子があれば横ざまに倒す彼の姿だ。そんなとき、私は駆けつけて椅子をもとに戻さなければならない。彼はシルクのシャツを着て、いつもその袖の中にシルクのハンカチを挿し込んでいた。靴はロブとかいう人物の手になるもので（そこにも王室の紋章が描かれていた）骨を使って、先の尖ったその靴を毎日十五分磨いて艶を出すのも私の仕事だった。

しかし、最悪の思い出はすべて更衣室にまつわるものだ。

今でもそのときの自分自身を思い描くことができる——だだっ広い更衣室にはいってすぐのところに、ちび助の少年が青ざめた顔をして突っ立っている。パジャマに寝室用スリッパ、それにキャメル地のドレッシング・ガウンという恰好《かっこう》で。天井からコードで吊るされた、ひとつしかない電球が煌々《こうこう》と輝き、四方の壁には黒と黄色のサッカーのユニフォームが掛けられ、そこから発する汗くさいにおいが部屋に充満している。そんな中、あの声が、歯切れのいい、小さな種を吐き散らすような話し方で早口にこう告げるのだ。「今回はどっちがいい？　ガウンを着たまま六回か、それとも脱いで四回か？」

その質問に自分から答えられたためしがなかった。その場にひたすら立ち尽くし、汚れた床板にただ眼を落とすことしか私にはできなかった。恐怖で頭がくらくらし、もうすぐその大柄な少年から体罰を受けるのだということ以外、何も考えられなかった。彼はあの長くて細くて白い杖で、たっぷりと時間をかけ、計算し尽くし、巧みに、誰はばかることなく、そしてあからさまに愉しそうに打ちすえるのだ。その結果、私は血を流すことになる。その五時間前、私は自習室の暖炉に火を入れることに失敗したのだ。その仕事のために小づかいをはたいて、高価な着火材を一箱買っておいたのに。その着火材に火をつけ、煙道の開口部に新聞紙を広げて風道をつくり、膝をついて火床の下に思いきり息を吹きかけたのに。しかし、火はどうしても石炭に燃え移ってくれなかったのだ。

「依怙地《いこじ》になっていて答えられないのなら」とその声は続けて言う。「かわりにおれが決めてやらなくちゃな」

答えたくてならなかった。どちらを選ぶべきか、わかっていたからだ。それは入学したらまっさきに身をもって知ることだ——余分に受けても罰は必ずガウンを着たまま受けるべし。そうしないと、ほぼ確実に傷を負ってしまう。着たまま三回打たれても脱いでの一回よりまだましなのだ。

「ガウンを脱いで部屋の隅まで行け。行ったら、爪先に指が触れるぐらいまえにかがめ。四回にしておいてやるよ」

私はぐずぐずと脱いだガウンを靴置き場の上にある棚にのせて、ゆっくりと部屋の隅に向かう。コットンのパジャマだけになると、裸にされたようでさすがに寒く、ゆっくりと足を運ぶ。周囲のあらゆるものがいきなりとても明るくのっぺりとなって、遠くに離れて見える。幻灯機が投じる画像のようにとても大きく、とても非現実的に。両眼を開けて水中を泳いでいるときのように。

「さっさと爪先に触れろ。もっとかがめ――もっともっと」

そう命じると、彼は更衣室の反対側に歩いていく。私はまえかがみの姿勢で両脚のあいだから逆さになった彼を見ている。彼はドアを出て姿を消す。そのドアの先は二段下がっており、〝洗面台通り〟と呼ばれている廊下に続いている。石を敷いたその廊下の片側の壁ぎわには洗面台がずらりと並び、その奥は浴室だ。姿が見えなくなったということは、彼は〝洗面台通り〟のつきあたりまで進んだということだ。いつものことだ。やがて靴音が聞こえてくる。遠くからでも洗面台とタイル張りの壁にこだまして大きく響く。全速力《ギャロッピング》での突進を開始した合図だ。両脚のあいだから、二段の踏み段を一気に跳び越えて更衣室に飛び込んでくる彼が見える。顔を突き出し、杖を宙に振りかざし、弾むようにして向かってくる。ここまで来ると、私は眼を閉じ、打ちすえられる音がするのを待つ。そして、自分に言い聞かせる——何がなんでも体を起こすな、と。

まともにぶたれたことのある人なら誰でも言うだろう——ほんとうの痛みはぶたれてから八秒から十秒ばかり経たないとやってこない。ぶたれた瞬間は、ぴしゃりという大きな音がして、鈍い痛みを尻に感じるだけで、ほかにはまったく何も感じない（銃で撃たれたときも同じだそうだ）。それが、ああ、なんとも情けないことに、しばらくすると、剝き出しの尻全体に真っ赤に焼けた火搔き棒を押しあてられたような痛みが襲ってくる。尻に手をまわして押さえたくなる衝動を抑えることなど絶対に不可能だ。

フォックスリーはこの痛みの時間差を充分理解しており、ぶつたびにゆっくりと後退して距離を取る。たっぷり十五ヤードはさがっていたにちがいなく、そうやって、痛みがしっかりと頂点に達したところを見計らって次の一撃を加えてくるのだ。

四発目になると、どうしても体を起こしてしまう。そうせざるをえなくなるのだ。耐えられるかぎり体が抑えていた防衛本能が反射的に働くのだろう。

「動いたな」とフォックスリーは言う。「今のは数に入れないぞ。もう一発だ――かがめ」

今回は忘れずに足首をつかむ。

五発目が終わると、靴置き場まで歩いて――臀部《でんぶ》を押さえながら、実にぎこちない恰好で――ガウンを着る。その様子を彼は見ている。私のほうは絶対に彼のほうを向かないようにしている。顔を見られないように。しかし、更衣室から出ようとすると、必ずこんなことばが飛んでくる。「おい！　戻ってこい！」

私はもう廊下に出ている。それでも、足を止めて振り返り、戸口に立って次のことばを待つ。

「戻れ。こっちに来い。さあ、すぐ――何か忘れてないか？」

このときにはもう焼けるような猛烈な尻の痛みのことしか考えられない。

「きみはまるで躾のなっていない生意気盛りの子供みたいだな」私の父の口調を真似て彼は言う。「ここの学校ではその程度の礼儀しか教えないのか？」

「あり……ありがとうございました」と私はつっかえながら答える。「ご鞭撻《べんたつ》……ありがとう……ございました」

それから暗い階段をあがって寝室に戻るのだが、そのときには気持ちはずっと楽になっている。これですべて終わり、痛みも和らぎ、仲間が私を取り囲み、まさに同じことを何度も経験している者同士、同病相憐《あいあわ》れんで、手荒な同情心を示してくれるからだ。

「おい、パーキンズ、ちょっと見せてみろよ」

「何発叩かれたんだ？」

「五発だろ？　ここからでもよく聞こえたよ」

「いいじゃないか、さあ、叩かれたところを見せろよ」

私はそこで立ったままパジャマのズボンをおろし、仲間は専門家の眼でどれだけこっぴどくやられたのか粛々と調べることになる。

「けっこう離れてるね。フォックスリーのいつものレヴェルには全然達してないね」

「この二発はかなり近いね。実際、重なってる。見て見て——これってすごいじゃん！」

「この下のほうの一発はしくじったね」

「あいつは洗面台通りの奥まで行ってから始めたのか？」

「ビビって体を起こしたら、一発よけいに食らった。だろ？」

「しかし、まあ、おまえってあのフォックスリーによほど眼をつけられてるんだね、パーキンズ」

「血が少し出てる。洗っておいたほうがいいぞ」

すると、そこでドアが開く。フォックスリーが立っている。みんな慌てて方々に散り、歯を磨いているふりやらお祈りをしているふりやら始める。私はと言うと、ズボンをおろしたまま部屋の真ん中に突っ立っている。

「いったい何してるんだ?」フォックスリーは自分の手がけた作品をちらりと見ながら言う。「おい、パーキンズ! きちんとパジャマを着て、さっさと寝ろ」

そうして一日が終わる。

曜日を問わず、私には自分の時間がまったく持てなかった。私が自習室で小説を読みはじめたり、切手のアルバムを開いたりしているところを見かけると、フォックスリーは即座に用事を見つけて私を呼びつけた。そんな彼のお気に入り――とりわけ雨の日のお気に入り――の用事のひとつにこんなのがあった。「なあ、パーキンズ、おれの机の上にヒオウギアヤメの花を置いたら、さぞかしきれいだろうな。そうは思わないか?」

ヒオウギアヤメはオレンジ池の周辺にしか咲いていない。オレンジ池は道路を二マイル、そこから原っぱにはいって半マイルも歩いた先にある。私は椅子から立ち上がり、レインコートを着て麦わら帽をかぶり、傘を持って――自分のこうもり傘《ブラリー》を持って――この長くて孤独な旅に出かける破目になる。外に出かけるときにはいつでも麦わら帽をかぶらなければならない。しかし、雨に濡れると、すぐに使いものにならなくなってしまう。だから、帽子を守るためにこうもり傘が必要なのだ。とはいっても、ヒオウギアヤメを探して池の畔《ほとり》の茂みの中を這いずりまわっているあいだずっと、傘をさしているなどできるわけがない。だから、帽子を台無しにしないようさした傘を地面に立て、その下に帽子を置いて花を探したものだ。私がしょっちゅう風邪をひいていたのはそんなことをしていたからだ。

しかし、最も怖ろしい日は日曜日だった。日曜日は自習室を掃除する日なのだが、そんな日曜日の朝の恐怖を今でもどれほどまざまざと覚えていることか。それこそ狂ったようになって埃《ほこり》を払い、ぴかぴかに磨いて、フォックスリーが点検に来るのを待つのだ。

「終わったのか?」とフォックスリーは訊いてくる。

「終わ……終わったと思います」

すると、フォックスリーは自分の机までぶらぶらと歩いて、引き出しから白い手袋を片方だけ取り出し、おもむろに右手にはめる。指を一本一本しっかり奥まで差し込む。そうしてから、私がびくびくしながら見守るそばで部屋の中を歩きまわり、額ぶちの上、壁の幅木、棚、窓枠、ランプシェードに白い手袋をした人差し指をすべらせるのだ。私には一瞬たりと彼の指から眼を離すことができない。その指が私に破滅の宣告をくだすかどうかを決めるからだ。実際、その指はたいてい私が見逃していた、あるいはそんなところにあるとは思ってもみなかった小さな汚れを見つけた。するとフォックスリーはゆっくりと振り返り、笑みならざる物騒な笑みをわずかに浮かべ、白い手袋に包まれた指を立て、その脇に埃がかすかについているのを私に見せつけるのだ。

「さて」と彼は言う。「おまえは怠け者のちびクソだ。ちがうか？」

私には答えることができない。

「ちがうのか？」

「そこもちゃんと掃除したつもりなんですが」

「おまえは怠け者のちびクソなのか、そうでないのか？」

「は、はい、そうです」

「だけど、おまえの親父はおまえにそんなふうになってほしくないと思ってる。ちがうか？　おまえの親父はとりわけ礼儀には口やかましい男なんだから。だろ？」

返事ができない。

「おまえの親父はとりわけ礼儀に口やかましいのかって訊いたんだがな」

「そ、そうかもしれません」

「だったら、おまえにお仕置きをすれば、それはおまえの親父の意にも叶うということだ。だろ?」

「わかりません」

「ちがうのか?」

「い、いえ、ちがいません」

「だったら、お祈りのあと、更衣室で会おう」

それからその日はそのあと一日じゅう、夜が来るのをびくびくして待つという苦痛に耐えながら過ごすことになる。

なんとなんと。今になってなんと次から次へと思い出すことか。そういえば日曜日は手紙を書く日でもあった。〝親愛なる父さん、母さんへ　手紙をありがとう。ふたりとも元気で過ごしてますか。ぼくは元気ですが、ただちょっと風邪をひいてしまいました。雨にあたったからです。でも、すぐによくなるでしょう。昨日、シュルーズベリ校とのサッカーの試合があって、四対二で勝ちました。ぼくも応援しにいったのですが、ご存知のあの寮長のフォックスリーがゴールをひとつ決めました。ケーキの差し入れをありがとう。愛を込めて、ウィリアム〟。

私はたいていトイレに行って手紙を書いた。または物置き部屋《ブーツルーム》やバスルームに行っていた——どこにしろ、フォックスリーのいないところで。それでも、時間には注意を払っていなければならなかった。お茶の時間の四時半までにフォックスリーのトーストを焼いておかなければならなかったからだ。フォックスリーのために毎日トーストを焼くように命じられていたのだ。平日は自習室の暖炉に火を起こすことが許されていなかったので、各々の上級生《スタディホルダー》のために、トーストを用意しなければならない雑用係の下級生は全員、図書室のたったひとつしかない小さな暖炉のまわりに集まり、トーストをあぶるのに使う長柄のフォークでつつき合ったりして、どうにかいい場所を確保しようとしたものだ。そんな状況にあっても、フォックスリーのトーストは次のように仕上げなければならなかった——一、ぱりっとかりかりに焼くこと、二、絶対に焦がさないこと、三、時間ぴったりに焼き立てを出すこと。その注文にひとつでも応えられないと、それは〝尻叩きの刑〟に価する罪となる。

「おい、おまえ、これはなんだ?」

「トーストです」

「ほんとうにこれがトーストだと思ってるのか？」

「ええっと……」

「おまえは怠け者だからトーストもまともにつくれない。ちがうか？」

「ちゃんとやってるんですけど」

「怠け馬はどんな目にあうか知ってるか、パーキンズ？」

「いいえ」

「おまえは馬か？」

「いいえ」

「まあ、どのみち、おまえは馬鹿だからな、ははは、だからおまえには馬の資格は充分にある。あとで会おう」

ああ、苦悩に満ちたあの頃。フォックスリーのトーストを焦がすことは〝尻叩きの刑〟に価した。フォックスリーのサッカーシューズから泥を拭き取るのを忘れても価した。フォックスリーのサッカーのユニフォームを干し忘れても。フォックスリーのこうもり傘を巻いてたたむ方向をまちがえても。フォックスリーが勉強しているときに自習室のドアをばたんと音を立てて閉めても。フォックスリーの風呂の湯を熱くしすぎてしまっても。フォックスリーの将校訓練隊の制服のボタンをきれいに磨けなくても。そのボタンを磨く研磨剤の青い粉を制服につけてしまっても。フォックスリーの靴の底を磨かなくても。いついかなるときであれ、フォックスリーの自習室を散らかしたままにしておくことも。実のところ、フォックスリーにしてみれば、私の存在そのものが〝尻叩きの刑〟に価するも同然だったということだ。

私は窓の外を見た。なんと、もう到着しそうだ。ずいぶんと長いことこんな昔のことばかり思い出していたようだ。私はまだ《タイムズ》を開いてさえいなかった。フォックスリーのほうは、私の向かいの角の座席にゆったりともたれて《デイリー・メール》を読んでいた。パイプの青い煙越しに——新聞のへりの上に——彼の顔が半分見えていた。ぎらぎらした小さな眼、皺《しわ》の刻まれた額、いくらかへアオイルをつけたウェーヴのかかった髪。

こんなに長いときを経て、こうして彼の顔を見るというのはなんだか特別で、むしろ興奮させられる体験だった。彼がもはや危険な存在でないのはわかっている。しかし、古い記憶は頭から離れず、彼を眼のまえにすると、完璧にはくつろげなかった。何か飼い慣らされたトラの檻にでも入れられたような気分だった。

なんと愚かなことか。私は自分にそう言い聞かせた。まったく。そうしたいのなら、話しかけて私が彼のことをどう思っているか、言えばいいだけのことだ。彼にはもう手出しはできないのだから。そう――それは悪くない考えだ！

ただ、まあ、結局のところ、それはそれだけの価値のあることだろうか？　そういうことをするには私はすでに歳を取りすぎている。それに、今も彼をそれほどひどく憎んでいるのかどうか、私自身よくわかっていないのだから。

では、どうすべきか。こうして坐ったまま阿呆のように彼を見つめているわけにはいかない。

そんなふうに思ったところで、私はちょっとした悪戯心に駆られた。私がしたいのはこういうことだ――私は心の中で自分につぶやいた――身を乗り出して彼の膝を軽く叩き、私が何者であるか告げるのだ。そして、彼の顔をじっと見つめる。そのあと、ともに過ごした学生時代の話をする――この車両のほかのみんなにも聞こえるように大きな声で。彼が私にしたことをいくつか冗談めかして話し、思い出させるのだ。いくらかは決まり悪くさせるために、更衣室でさんざん叩かれたことをつぶさに話してもいい。ちょっとばかりからかって、居心地の悪い思いをさせたところで、そんなことで彼が傷つくとも思えない。

一方、私のほうはそれできっと胸がすくだろう。いきなり彼が顔を上げ、私に見られていたことに気づいた。これで二度目だ。同じことが二度起こり、彼の眼に苛立ちが揺らめいたのが私にはわかった。よし、と私は自分に言った。さあ、話しかけるぞ。しかし、あくまでも愛想よく、和やかに、礼儀正しく。そうすれば効果はより高まり、彼はいっそう決まり悪い思いをするだろう。

私は彼に向かって微笑み、行儀よく小さく会釈した。それから声を大きくして言った。「失礼ですが、自己紹介させてください」身を乗り出し、どんな反応も見逃すまいと彼の顔を食い入るように見つめた。「私の名前はパーキンズ。ウィリアム・パーキンズ。レプトン校、一九〇七年の入学です」

同じ車両に居合わせたほかの乗客たちが座席の上で身をこわばらせる気配があった。誰もが耳をそばだて、次に何が起こるか、固唾《かたず》を呑んで待っているのがわかった。

「どうもご丁寧に」と彼は言って、新聞を膝の上におろした。「私はフォーテスキュー。ジョスリン・フォーテスキュー。イートン校、一九一六年入学」

(Galloping Foxley, 1953)

四　月

ギュスターヴ・カーン
（永井荷風訳）

ああ花開くうつくしき四月よ。
されども我が恋人われより遠く、
北の国なる霧の中にあらば、
何《なに》かせん、四月の新しき歌、
四月の白きリラの花、野ばらの花も、
梢《こずゑ》を越《こ》して黄金《こがね》と開く四月の日光《ひかげ》も。

ああ花開くうつくしき四月よ、
わが恋人にまた逢ふ事の嬉しきかな。

ああ花開くうつくしき四月よ。
恋人来《きた》れり。
四月のリラの花、黄金《こがね》なす四月の日光《ひかげ》。
始めてわれを慰めん。われ四月に謝《しや》す。
ああ花開くうつくしき四月よ。

(Domaine de fée: XII,1895)

春　雪

久生十蘭

一

四月七日だというのに雪が降った。

同業、東洋陶器の小室《こむろ》幸成の二女が、二世のバイヤーと結婚してアメリカへ行くのだそうで、池田藤吉郎も招かれて式につらなった。式は三越の八階の教会で、二十分ばかりですんだが、テート・ホテルで披露式があるというので、そっちへまわった。

会場からほど遠い、脇間《わきま》の椅子に掛け、葉巻をくゆらしながら窓の外を見ると、赤い椿の花のうえに雪がつもり、冬には見られない面白い図になっている。そういえば、柚子《ゆずこ》が浸礼《しんれい》を受けた。あの年の四月七日も、霜柱の立つ寒い春だったなどと考えているところへ、伊沢陶園《とうえん》の伊沢忠が寸のつまったモーニングを着こみ、下っ腹を突きだしながらやってきた。

池田や小室とおなじく、伊沢もかつては航空機の機体の下受けをやり、戦中は、命がけで新造機に試乗したりして、はげまし合ってきた仲間だが、戦後、申しあわしたように瀬戸物屋になってしまった。

「いやはや、どうもご苦労さん」

「式には、見えなかったようだな」

「洋式の花嫁姿ってやつは、血圧に悪いんだ。ハラハラするんでねえ」

「それにしては、念のいった着付じゃないか」

「なァに、告別式の帰りなのさ。こっちは一時間ぐらいですむんだろう。久し振りだから、今日は附合《つきあ》ってもらおう。そういえば、ずいぶん逢わなかった。そら柚子さんの……」

いいかけたのを、気がついてやめて、

「それはともかくとして……どうだい、逢わせたいひともあるんだが」

「それは、そのときのことにしよう」

チャイム・ベルが鳴って、みなが席につくと、新郎新婦がホールへ入ってきた。新郎は五尺六七寸もある、日本人にはめずらしく燕尾服が身につく、とんだマグレあたりだが、新婦のほうは、思いきり小柄なのに、曳裾《トレーヌ》を長々と曳《ひ》き、神宮参道をヨチヨチ歩いている七五三の子供の花嫁姿のようで、ふざけているのだとしか思えない。

新郎と新婦がメイーン・テーブルにおさまると、すぐ祝宴がはじまった。新婦は杓子面《しゃくしづら》のおツンさんで、欠点をさがしだそうとする満座の眼が、自分に集中しているのを意識しながら、乙《おつ》にすまして、羞《はに》かもうともしない。活人画中の一人になぞらえるにしても、柚子なら、もっと立派にやり終《お》おすだろう、美しさも優しさも段ちがいだと、池田の胸にムラムラと口惜しさがこみあげてきた。

この戦争で、死ななくともいい若い娘がどれだけ死んだか。戦争中だから、まだしもあきらめがよかったともいえるが、いくらあきらめようと思っても、あきらめられないものもあり、是非とも、あきらめなければならないというようなものでもない。死んだものには、もうなんの煩《わずら》いもないのだろうが、生き残ったものの上に残された悲しみや愁《うれ》いは、そう簡単に消えるものではない。

柚子はそのころ、第X航艦の司令官をしていた兄の末っ子で、母は早く死に、三人の兄はみな海軍で前へ出ていたので、ずうっと寄宿舎にいて、家庭的には、めぐまれない生活だった。

だいたいが屈託しない気質で、あらゆる喜びを受けいれられる人生の花盛りを、しかめッ面《つら》で暮し、せっかくの青春を、台なしにしているようにも見えなかったが、それにしても、十七から二十三までの大切な七年間を、戦争に追いまくられてあたふたし、とりわけ最後の二年は、池田の二人の娘を連れて、茨城県の平潟《ひらかた》へ疎開し、そこから新潟、また東京と、いつ見ても、ズボンのヒップに泥がついていた。そうしたあげくのはて、過労と栄養失調、風邪から肺炎と、トントン拍子のうまいコースで、ろくすっぽ娘らしい楽しさも味わわず、人生という盃から、ほんの上澄《うわず》みを飲んだだけで、つまらなくあの世へ行ってしまった。

四月七日の霜柱の立つ寒い朝、滝野川で浸礼を受けた帰り、自分にはいままで幸福というものがなかったが、いま、ささやかな幸福が訪れてくれるらしいというようなことをいった。それが、柚子の人生におけるただ一度のよろこびの言葉であった。

「あれだけが、せめてもの心やりだ」

池田は機械的にスプーンを動かして、生気《せいき》のないポタージュを口に運びながら、つぶやいた。

そのころ、池田の会社では、青梅《おうめ》線の中上《なかがみ》へ、何千とも数えきれない、未完成の飛べない飛行機を集め、ローラーですり潰《つぶ》す仕事をやっていた。板塀で囲われた広い原は、見わたすかぎり、残骨累々たる飛行機の墓場で、エンジンにロープを巻きつけ、キャタピラが木の根ッ子でもひき抜くようにして一角へ集めるあとから、山のようなスチーム・ローラーが潰して歩く。どこを押しても、航空機はもう一機も出来ない。戦争はヤマが見えていた。四月五日の空襲の夜、柚子がこんなことをいいだした。

「日本が、いま戦争をしているというのは、ほんとうでしょうか」

日本は戦争をしているが、いまはもう、半ば擬態にすぎないことを、池田は知っている。現に池田の会社では、飛行機をすり潰すという、意味のない作業を仕事らしく見せかけ、兵隊は、防空壕《ごう》を掘ったり埋めかえしたりする仕事を、くりかえしているだけだった。

「たしかに戦争をしているんだが、真の意味の戦争ではないようだな。こちらだけが、無際限にやられるというんじゃ、これはもう、なにかべつなことだよ」

「このあいだから、あたしもそんな気がしているの……あたしたち、ミナゴロシになるのね。爆撃で死ぬか、焼け死ぬか、射ち殺されるか……それは覚悟していますけど、無宗教のままで死ぬのが、怖くてたまらないのよ」

兄の細君は、代々、京都のN神社の宮司をしている社家《しゃけ》華族からきたひとで、柚子の祖母は先帝のお乳《ち》の人、伯母は二人とも典侍に上っているという神道《シンドー》イズムのパリパリで、柚子の家の神棚には、八百万《やおよろず》の神々のほかに、神格に昇進した一家眷属《けんぞく》の霊位《れいい》が、押せ押せにひしめいているという繁昌ぶりだった。

「無宗教って、お前のところは、たいへんな神道じゃないか。それではいけないのか」

「だって叔父さま、神道は道……自然哲学のようなもので、宗教じゃないんでしょう」

つまるところ、じぶんの気持にいちばん近いのは基督《キリスト》教だから、大急ぎで洗礼を受けたい。それに立会ってもらいたいということなのだが、兄がいたら、とても、ただでは置くまい。ひょっとしたら、一刀両断にもしかねないところだ。

「えらいことを、いいだしたもんだな」

「あたし、どんなに苦しんだかしれないの。お気に染まないでしょうけど、柚子、怖がらずに死ねるようにしていただきたいの」

古《こ》神道と皇道主義の、狂信的な家庭に育った、柚子のむずかしい加減の立場と悩みは、池田にも、わからないわけはない。世俗的な叔父の立場にしたがえば、もちろん、反対しなければならないところだが、日本自体が無くなりかけているというのに、社家も神道もあるものではない。無宗教で死にたくないという、柚子の希望をかなえてやるほうが、ほんとうだと思った。

柚子が浸礼を受けることにしたのは、道灌山《どうかんやま》の崖下にある古ぼけた木造の教会で、約束の時間に先方へ行くと、西洋人の白髪の牧師が入口まで出てきて二人を迎えた。達者な日本語で、あなたは、どうぞここでと、池田をベンチへ掛けさせると、柚子を連れて奥のほうへ入って行った。

粗末なベンチが二列に並んだ正面に、低い壇があり、そのうしろが引扉《ひきど》で仕切られている。寒い朝で、堅い木のベンチに掛けていると、しんしんと腰から冷えがあがってきて、チリ毛に鳥肌が立った。

そのうちに、伝道婦らしいのが出てきて、気のないようすでオルガンを奏《ひ》くと、その音にあわせて、正面の扉が開いた。扉のうしろは二坪ほどのコンクリートの水槽になっていて、素膚《すはだ》に薄い白衣《びゃくい》を着た牧師と柚子が、胸まで水に漬って立っている。

眼をすえて見ていると、牧師は右の掌を柚子の背中の真中あたりにあて、いきなり、あおのけにおし倒した。柚子の身体は、一瞬、水に隠れて見えなくなったが、ほどなく頭から水をたらし、なにかの絵にあった水の精の出来損いのような、チグハグな表情であらわれてきた。

馬鹿なことをするものだと、池田が腹をたてているうちに、また貧弱なオルガンが鳴って、それで正面の扉が閉まった。

「すみました。ありがとうございました」

柚子は服を着て出て来たが、血の気のない顔をし、歯の根もあわないほど震えている。車が家へ着くまで、充《み》ち足りたような、ぼんやりとした眼つきでなにか考えているようだったが、震えはとまらなかった。

これが肺炎の原因になったことはいうまでもない。その晩から熱をだし、規定どおりのプロセスを経て、四月十三日、夜の十一時四十分、大塚から高円寺まで焼かれた空襲の最中に息をひきとった。死ぬ二日前、洋銀まがいのつまらない指輪を左手の薬指にはめ、これお友達から記念にもらったものですから、死んだら、このままで焼いてくださいといったので、そのとおりにした。

「では、池田さん、どうぞ」

ふと、我にかえると、いつの間にかデザート皿が出ていて、みなの視線が、うながすようにこちらへむいている。忘れていた……伊沢の次に弔辞を述べるはずだったと、池田は咄嗟《とっさ》に立ちあがると、眼を伏せたまま、

「小室さんのお嬢さんが、二十三という人生の春のはじめに、この世を見捨てて行かれたということは、惜しみてもあまりあることで、ご両親のご心中……」

と、ねんごろな調子でやりだした。

「池田君、池田君」

伊沢が上着の裾をひっぱる。なんだ、といいながら振返った拍子に、いっぺんに環境を理解した。池田はひっこみがつかなくなったが、さほど、あわてもせず、

「ご当人にとっては、結婚は、新しく生まれることであり、人生における、新しい出発でありますけれども、ご両親にとっては、これで、娘は死んだもの、無くしたもの……そしらぬ顔はしておりますが、娘を嫁にやる親は、みな、いちどはこういう涙の谷を渡って……」

と、むずかしいところへ、むりやりに落しこんだ。

二

伊沢と二人でラウンジまでひきさがったところで、池田は急に疲れてコージイ・コーナ

ーの長椅子へ落ちこんだ。

「名スピーチだったよ。弔辞と祝辞のハギ合せなんてえのは、ちょっとないからな」

「もう、よせ」

「よすことはない。あんなオペシャに、百合の花なんか抱えて、花嫁面《づら》をされちゃ、いい娘を戦争で死なせた親たちの立つ瀬がない。ああいう面構えは、眼鏡でもかけて、女学校で生徒を苛《いじ》めて居りゃいいんだ」

「おれは、他人が美を成すのを喜ばぬほど小人《しょうじん》でもないが、きょうの結婚式に出たら、柚子を、もうすこし生かしておきたかったと、口惜しくなった。あれはあれなりに、花の咲かせようもあったろうと思って、ね」

「結婚式という儀式だけのことなら、柚子さんも、やっていたかも知れないぜ」

「なにを馬鹿な」

「すると、君は、なんの感度もなかったんだな」

「感度って、なんのことだ」

「これはたいしたフェア・プレーだ。柚子さんというのは、どうして、なかなかの才女だったんだな」

伊沢の口調の中に、ひとの心に不安を掻きおこすような意地の悪さがある。なんのことだろうと考えているうちに、柚子が死んでから、日記を読んで感じた、あのわからなさが、またしても気持にひっかかってきた。

終戦の前年、七月の末ごろ、次兄の遺品《かたみ》らしい防暑服にスラックスという恰好《かっこう》で、前ぶれもなしに、柚子が丸の内の会社へやってきた。

「きょうは、おねがいがあってあがったの。大森の工場で働かせていただきたいと思って」

大森の工場といっているのは、航空機の機体の形材《プロフィール》の材料試験をやっている研究所で、女子大の国文科で祝詞《のりと》を勉強しているような超古典派の出る幕はない。

「働きたかったら、ここで働けばいい」

「事務や庶務なら、正直なところ、気乗りがしないんです」

柚子はながい間、稚い才覚で、自分一人の生活を、設計施工してきたわけで、廿代《はたち》の娘の手にあまるような、むずかしいことでも軽々とやってのけるが、あまりにまっすぐな積極性が、時には、うるさい感じをおこさせないでもない。またはじまったと思ったが、妙な含み笑いをしていて、いつもの強情とは、どこかちがう。この年頃の自意識の強い娘は、直接、生産面にたずさわりたいなどという表現は、てれ臭くて素直にやれないのだと見てとった。

翌日、早くから工場へやってきたので、主翼工程の管理をしている技師に預け、硬度計《ロックウエル》をあてて形材の硬度を計る、簡単な仕事をやらせていたが、それから一と月ほどしたある朝、柚子のことで、憲兵の訪問を受けた。柚子が毎朝七時ごろ、大森海岸のバスの停留所に、短いときで二十分、長いときで四十分も立っているというのである。

「われわれが注意しはじめてから、雨の日も風の日も、休まずに、もう三週間もつづいているんですがねえ」

柚子は麻布霞町の家から都電で品川まで来て、川崎行のバスに乗るから、当然、大森海岸で降りるわけで、これにはふしぎはないが、四十分もそんなところに立っているというのは尋常でない。尾崎、ゾルゲの事件のあった直後で、うるさい時期でもあった。

翌朝、池田は大森海岸のバスの停留所の近くに車をとめて、窓から見ていると、七時ちょっとすぎに柚子がバスから降りてきた。なるほど携げ袋から岩波の文庫本かなにか出して、立ったまま読んでいる。

ひいき眼ではなく、頭は悪そうではないが、憲兵づれに注目されるまで、毎朝、こんなところで、なにをうつつをぬかしているのかと、ジリジリしていると、まだ涼気《すずけ》の残っている京浜国道を、ギャリソン帽にズボンだけの、ピンクに日灼けした半裸体の俘虜《ふりょ》を乗せた大型トラックが二十台ばかり、一列になってやってきた。

毎朝、島の収容所から、日本通運、京浜運河、三菱倉庫、日本製油、鶴見造船などの使役に行く連中で、この界隈を、毎日のように通るので馴れっ子になっているが、山手に住んでいる柚子には、この感覚は斬新らしく、文庫本から顔をあげて、つぎつぎにトラックを眼で追いはじめた。

何台か通りすぎて行ったあと、日本通運のマークを入れたトラックが進んできたが、柚子が立っているあたりまで近づくと側板《そくばん》に腰かけている一人だけ残して、三十人ばかりの俘虜が、申しあわせたようにクルリとむこうへ向いてしまった。

その一人は、どこか弱々しい感じのする、二十四五のノーブルな顔をした若い男で、柚子のほうへ花が開くような微笑をしてみせた。羞《はに》かんだような微笑の美しさは、たとえようのないもので、あまり物事に動じない池田の心にさえ、強く迫ってくるような異様な情感を味わわせた。

池田が見たのは、それだけのことだった。寄宿舎でばかり暮していた、世間見ずの廿三の娘が、あれほどの魅力を、やすやすとはねかえせようとは思えないが、だからといって、それ以上のことは、なにが出来るものか。柚子の心のなかに分け入って、そういう情緒は不潔だと、きめつけるつもりなら問題は別だが、形のうえでなら、非難することも、叱ることもできないみょうなぐあいのものである。池田も当惑の気味だったが、用心するに如《し》くはないと思って、窓をあけて呼ぶと、柚子は平静な顔で、車のそばへ寄ってきた。

「ちょっと話があるから、寮へ行こう。会社へは、寮から電話をかけさせるから、かまわない」

寮といっているが、この十年来、メートレスの役をしている、加津《かつ》という女にやらせている待合を、便宜的な名義で保持しているので、そのことは柚子もうすうす知っているらしかった。

二百米《メートル》ほどむこうの島に、俘虜収容所の建物があるので、海沿いの家の二階の窓はみな目隠しをされてしまったが、その家は建上《たちあが》りが高いから、板塀越しに、バラックの棟を並べた収容所の中庭がのぞける。

「あれが収容所だ」

柚子は、のびあがって見ていたが、

「空襲なんかあったらどこへ逃げるんでしょう」

と、つぶやくようにいった。

「まあ、そこへ坐《すわ》りなさい。けさ、長いことバスの停留所に立っていたね。おれは車の中から、お前のすることを見ていた。注意してくれたひとがあったので、すこし前から、まいにち見ていた」

柚子は困ったような顔で笑って、

「あたし、ほんとうに馬鹿よ。こんどくらい、よくわかったことはないの。もう、やめますから、お叱りにならないで、ちょうだい」

「馬鹿だった、だけじゃ、わからない。なにをしていたのか、お前の口から、いってごらん」

「ごらんになったでしょう、あの若いひと……はじめてすれちがった日から、いつも、あんな眼つきで、あたしを見て行くのよ。癪《しゃく》だから、あのトラックが来るまで、あそこに立っていて、睨《にら》みかえしてやるの」

「なんだか、わからない話だな」

「でも、それをしないと、一日中、気になってたまらないの。クシャクシャするんです」

「気になるというのは、好きだということなのか」

「それは、あたしも考えてみたことがあるの。でも、そうではなさそうなんです」

「そんなこと、不自然じゃないか」

「不自然でもなんでも、そうなんです」

そういうと、いきなり畳に両手をついて頭をさげた。

「ごめんなさい。あんなつまらないこと、やめるわ」

いきなり、あやまってしまったりするのは、柚子の性質にないことだ。たしかに駈引《かけひき》をしているのにちがいないが、本音を吐かせるところまで捻伏《ねじふ》せるつもりなら、こちらも、感情を編みだすところから、やらなくてはならない。のみならず、そういうやりかたは、成功したためしがないのだ。

「やめられるなら、やめたほうがいいね。ついでに、工場のほうも、しばらく、よせ」

「ええ、そうします」

「明日から千駄ケ谷へ来なさい。女中より先に起きて、家のことをするんだ。いいかね」

柚子はすこしばかり身の廻《まわ》りのものを持って池田の家へ移って来た。当座は、沈んだ顔をしていたが、そのうちに、二人の娘を学校へ出してやることから、ベッドに入れる世話まで、かいがいしくやるようになった。若いアメリカ人のことは、忘れてしまったのか、調子はずれな声で、鼻歌をうたったりする。それでも、もしやという懸念から、だしぬけに家へ電話をかけて、不意打ちを食わせたが、いちども留守だったことはなく、夕方、玄関へ出迎えるのは、いつも柚子で、そのうちに、そういう用心も馬鹿らしくなって、ついつい、やめてしまった。

それからしばらくして、女中の口から、柚子が、毎朝、八時ごろに家を出て、夕方、五時ごろ帰ってくるという事情が洩《も》れた。柚子からは、そんなことは一度も聞いていないので、不審をおこして、たずねてみた。

「毎日、どこかへ出て行くそうだが、どんな用があるんだね」

「市川と与野《よの》へ、一日がわりに買出しに行っているのよ。そうでもしなければ、とても、やっていけないんですから」

足りないながら、さほど逼迫《ひっぱく》もしない毎日の食餌《しょくじ》のことを考えあわせれば、そういう陰の働きがあったればこそと、思いあたるわけだったが、女中の口の足りなさもさることながら、自分からは、ひとこともいわずにすませておく、柚子の気丈さに、感心するよりも呆れた。

柚子が死んでから、手箱の整理をしていると、手帳式の薄手な日記帳が出てきた。柚子の日記というのは、ふしぎなもので、その日の天気のほか、なにも書いていない。それも、ごく単純に、晴、雨と二つの表現しかない。まれに、曇後晴というのが見えるだけである。日記は、二月六日にはじまって、翌年の三月で終っているが、池田が記憶している天気と、齟齬《そご》しているところが多い。たとえば、九月四日、晴とあるが、その日は朝から土砂降りで、予定した試乗を延期した。十月十二日、雨とあるが、この日は長女の誕生日で、ホテルのグリルで、かたちばかりの晩餐《ばんさん》をしたので、よくおぼえている。この日は、一日中、よく晴れていた。

察しるところ、晴とか雨とかいうのは、天気のことでなくて、柚子の心おぼえのようなものだったのだろう。解くべき鍵もないので、疑問のままになっていたが、伊沢の思わせぶりないいまわしを聞いているうちに、ふと、それを思いだした。

三

煤緑の塘松《とうしょう》のうえに、わずかばかり消え残った春の雪に陽がさしかけ、濠《ほり》に鴨が群れて、ゆらゆらに揺れている。

ラウンジの窓から、池田は、さざ波の立つ濠の水の色をながめていたが、伊沢が知っていて、自分の知らない柚子の過去があるらしいと思うと、愉快でなくなった。

柚子が仕足《した》らぬことをたくさん残して、死んだことを口惜しく思う一面に、この世の穢《けが》れに染まずに、たとえば春の雪のようにも、清くはかなく消えてしまったことに、人知れぬ満足を感じているわけで、池田の気持の中には、柚子の追憶を、永久に美しいままにしておきたいという、ひそかなねがいも、ないわけではない。

感傷といわれれば、そのとおりにちがいないが、柚子の過去の話が、暗いつまらぬことなら、知らずにすますほうがいい。いまになって興ざめなことを聞いて、幻滅を感じるのでは、やりきれないとも思うが、気持がそちらへ曲りこんでしまった以上、聞かずにすましてしまうというわけにもいかない。

「伊沢君さっき、誰かに逢わせたいといっていたが、それは、どういうひとなんだ」

「カナダから来たマダム・チニーというひとだ。五日ばかり前に東京へ着いて、いまこのホテルにいる」

「バイヤーか」

「バイヤーじゃない。息子の墓を見にきたんだそうだ。君の話をしたら、非常に逢いたがっていたから」

伊沢は池田の顔を見ながら、なにか考えていたが、ひとりでうなずくと、

「そうだな、はっきりさせるほうがいいんだろう……チニー夫人というのは、柚子さんのお姑さんになるはずだったひとなんだ」

「すると、柚子がカナダ人と結婚していたということになるのかね」

「そうだ」

すわり加減の眼の色を見ると、伊沢が冗談をいっているのでも、ふざけているのでもないことがわかる。

「そんな話を、いままでおれに隠していたのは、なぜだ」

「おれはさ、君が知っているのだとばかり思っていた。いいださないのは、触れたくないのだと、邪推していたんだ」

池田は、つとめて平静にしていようと思ったが、ひとりでに息がはずんできた。

「邪推か、よかったね……ともかく、おれはなにも知らないんだから、よく事情を聞かせてもらいたいな。いったい、いつごろのことなんだ」

「終戦の年の四月八日」

「なるほど……浸礼を受けたのは、結婚式の準備だったわけか」

「そのとおり……断わっておくが、柚子さんは、その相手と、ただの一度も、文通したこともなければ、話をしたこともない。もちろん、手を握ったなんてこともない。おそらく、おなじ平面に立ったことさえなかったろう。最初に、これだけのことを、頭にいれておいてもらわないと困るんだ」

「相手はいったい何者だい」

「ロバート・チニー……フランス系のカナダ人、香港で捕虜になって、こっちへ送られてきた。君はいちど顔を見ているはずだと、柚子さんがいっていたがね」

あの朝、京浜国道をトラックに乗ってやってきた男なんだろうと、池田にも、すぐ察しがついた。

「心あたりはある。しかし、君はどうしてそんなことを知っているんだ」

「柚子さんが、なにもかも、うちあけた」

「柚子が君のところへ行ったのは、どういうわけなんだい」

「ロバート君は、いぜん、うちの工場へ使役に来ていたことがある。やはり俘虜なんだが、隊付牧師《チャプレン》のハンプ君というのと、二人をひっぱって材料をとりに行ったことがある。柚子さんは、それをどこかで見ていたのだろうが、よくよく困ったとみえて、おれのところへ相談にきた。このあいだいっしょに工場から出て行ったあの若いひとは、もう島の収容所にいないようだが、どこへ行ったか探す方法はないだろうか……話をきいてみると、ロバート君が横浜へ荷役に行っていた間、たがいにチラと眼を見あわせたいだけのために、半年近くも、毎朝、山下橋の袂《たもと》に立っていたというんだ」

伊沢は火をつけたばかりの葉巻を、灰皿のうえに投げだすように置くと、

「柚子さんは、トラックに乗ってくる名も国籍も知れない男に惚れて、惚れて惚れて、仕方がなくなって、理でも非でもかまわない、敵であろうが味方であろうが、情のいたるところ、いかんとも忍びがたし……さあ、どうでもしろというわけで、意気込みときたら、すばらしいもんだった……戦争をしている国の国民の一人として、心の貞潔はなくしてしまったが、死んでもリミットだけは守る。手紙もいらない、話もしたくない。見るだけでいいのだから、なんとかしてくれというんだな……ご承知のように、東京俘虜収容所には、分所といって、日立と長野と新潟に支店のようなものがある。うちの工場へ派遣所長になってきていた、依田という軍属に調べてもらったら、ロバート君は日立の分所へやられた

ことがわかったから、おしえてあげた」

「そんな役までしたのか」

「なんと言われようと、ロバート君の居どころを教えたのはおれなんだ。柚子さんは、毎日、汽車で平潟から日立へ通っていたらしいが、ロバート君は、そこからまた新潟の分所へやられ、そこで病気になって、東京へ帰ってきた」

　終戦の前の年の十月、二人の娘を疎開させなければならないと思いつつ、手がまわりかねていると、柚子は自分で奔走して、友達の郷里の、茨城県の平潟という町へ疎開させることにきめた。転校の手続きまでテキパキとやってのけ、娘達の着換えや学用品をつめたリュックを背負うと、じゃ、まいりますから、ごきげんよろしう、と二人の従妹の手をひいて、サッサと上野から発って行った。

　柚子は、娘達が土地馴れたら、帰ることになっていたが、一月の中頃、ぜひ見てあげなければならない病気の友達があって、いま新潟に来ているという便りをよこしたが、三月のはじめごろ、ひどく憔《やつ》れて東京へ帰ってきた。

「それで、そのロバートというひとは？」

「聖路加病院で死んだ……死ぬすこし前、隊付牧師《チャプレン》のハンプ君が工場へ訪ねてきた。ハンプ君は大きな怪我をして俘虜満期になり、そのころ、赤十字聯盟と収容所の連絡係のようなことをやっていたんだ……用件というのは、ロバートのことなんだが、ロバートは結婚してから死にたいという。お嬢さんの意志をたしかめたら、よろしいということになったが、基督教には、代理結婚という形式があるのだから、おれに柚子さんの代理をしてくれということなんだ。むずかしい問題だが、考えたすえ、よろしいと返事してやった」

「平気な顔で、おれにそんなことが言えるな」

伊沢は膝に手を置いたまま、

「なぜいけない？　いったい、あれはどういう時期だった？　まさか、こんなざまで降伏するとは思わない。最後の洞穴《ほらあな》に立て籠って、一人になるまでやるほかないだろうといいあったことを、君も忘れはしまい。なんだろうと、好きだったら結婚するがよかろう。のみならず、さっきもいったように、あの二人は、話はおろか、指先にさえ触っていないいんだ。このみじめな敗戦のさ中に、そういう結婚があったら、美しかろうと思ったのさ」

柚子の日記帳の「晴」というのは、その日、ロバートに逢えたというメモなのだろう。曇後晴というのは、長い間待ったあとで、ようやく顔を見た日の記録である。

そのころの柚子の生活は、晴と雨のほか、なにものも容れる余地のないほど、充足した日日だったらしい。上澄みどころか、人生という盃から、柚子は滓《おり》も淀《よど》みも、みな飲みほし、幸福な感情に包まれて死んだことがわかり、心に秘密を持っている娘というものは、どれほど忍耐強く、また、どれほど機略に富むものか、つくづくと思い知らされた。

池田は、むずかしい顔を崩さずにいった。

「これだけ鮮かにやられれば、腹もたたないよ。それで、結婚式は、どんなふうだったんだ」

「形材《プロフィール》のエレクトロンで、指輪を二つこしらえて、病院へ行った。ハンプ君の仲介で指輪を交換して、その指輪を柚子さんにやった」

「それは、どうもご苦労さま。たいへんだったでしょう」

ボーイにチニー夫人の都合を聞かせにやると、お待ちしているという返事だったので、二人はエレヴェーターで三階へ行った。

明るい窓際の机の上に写真立が載っている。いつかの青年と柚子が、枠の中にべつべつにおさまって笑っていた。

奥の間へつづく扉が開いて、六十歳ぐらいに見える、やさしげな眼差《まなざし》をした白髪の婦人が、銀の握りのついた黒檀の杖を突きながら、そろそろと出てきた。

伊沢が池田を紹介すると、池田は、わざと日本語で、

「このたびは、ふしぎなご縁で」と丁寧に挨拶した。

伊沢が通訳するのを、老人は首をかしげながら聞いていたが、ふしぎ、ふしぎ、と味わうようにいくども口の中でくりかえしてから、

「おう、そうです」

と池田のほうへ手を伸ばした。

この手は、柚子が生きていたら、どんなにかよろこんで握るはずの手だった。そのときの柚子の顔を想像すると、気持まではっきりと伝わってくるようで、なかなか離しがたい思いがするのだった。


（『オール讀物』一九四九・一）

まどわしの四月

片山廣子

その小説はエンチャンテッド・エプリル（まどわしの四月）という題であったとおぼえている。大正のいつ頃だったか、もう三十年も前に読んで、題までも殆《ほとん》ど忘れていたが、二三日前にふいと思い出した。ロンドンで出版されて当時めずらしいほどよく売れた大衆もので、作者の名も今はわすれた。

郊外に住む中流の家庭の主婦が街に買物に出たかえりに、自分の属している婦人クラブに寄ってコーヒーを飲み、そこに散らばっていた新聞を読む。新聞の広告欄に「イタリヤの古城貸したし、一ケ月間。家賃何々。委細は○○へ御書面を乞う」と珍らしい広告文であった。それを読んだその奥さんはごく内気な、まるで日本の古いお嫁さんみたいな古い女であったが、さびしい地味な家庭生活の中で、彼女がこうもしたい、ああもしたいと心のしん底でいつも思っていた事の一つがその時首をもちゃげたのだった。空想はその瞬間にイタリヤの古城に飛んで、何がしかの家賃を払って、その古城を借り夢にも見たことのないイタリヤの四月の風光をまのあたり見たいと思い立ち、さて家賃を考える。そうしているところへ顔なじみのクラブ会員がまた新聞室にはいって来る。今まで少しの交際もしなかった夫人であるけれど、内気の夫人はこの人にその広告を見せる。「あなたこの古城に行って見たいとお思いになりませんか？　私たち二人でこの家賃を払って？」その夫人もたちまちイタリヤに行きたくなる。二人は永年の親友のように仲よく並んで腰かけて細かくお金の計算をする。旅費、食費、家賃、それにコックさんもお城に留守居しているから、彼女にも心付が入る、等々。二人の夫人は何かの時の用意に預けて置いた貯金を引出して、一生の思い出に今それを使っても惜しくないと思うけれど、それにしてもお金がすこし足りない、彼等おのおのの夫には秘密にこの計画を実行したいと思うので、くるしい工夫をする、どうしても足りない。

折しもこの室へわかい美しい会員がはいって来る。考えこんで困っていた二人の奥さんはこの人に相談をかける。令嬢はびっくりするが、少し考えて忽《たちま》ちその仲間にはいる。彼女はほんとうはなにがし侯爵令嬢でロンドン社交界の花形なのであるが、中流の地味な生活者の主婦たちは彼女を知らない。令嬢は想わぬ人におもわれてもやもやしている最中だから、ちょうど好い隠れ場だと思ってこの夫人たちと行を共にし、費用の三分の一を持つことにする。令嬢はなにがし侯爵でなく父の家の本名を名のるから、彼女の身分は少しも分らない。すぐに話がきまって彼等は愉しく出発する。

その古城は四月の海を見晴らして、夢のごとく、映画の如く、小説の如く、それよりもっと美しい。そこで事件がいろいろ起る。招かざる客が幾人も来る。私は細かい筋をわすれたけれど、令嬢は思いもかけなかった恋人（侯爵でも伯爵でもない、わかい立派な紳士）を得るし、二人の夫人たちも冷たく遠かった夫たちを取りもどして、めいめいが賑《にぎ》やかにロンドンに帰って来る話だったと思う。久しい昔読んだのであるいは違っているかもしれない。

今ごろ私がこの小説をおもい出したのは、古城に遊びにゆきたいからではない。日本では立派な古城なぞはすべてお上《かみ》の所有品であり、絶えまなく焚物代りに焼き捨てられているのである。

私が欲しいと思うのは銀座か日比谷あたりに小さな女ばかりのクラブがあったらと、外出ぎらいの私にしては不思議な注文である。買物の出はいりにちょっと寄ってコーヒーでも飲めて、雑誌や新刊の本がよめたら気楽だろうと思う。むずかしい本と軽いよみ物と交ぜて気分次第に読む。そういう所で若い人と年寄とが親しくなって、各《おのおの》の世界は無限にひろがって行くこともあるだろう。そんな事を考えて私は明日よりももっと遠い日に希望を持つのである。

どんな事にも先立つものがなければ仕方がない。今の時代には会社の使いこみとかお役所の秘密の何々とかいう場合、大てい三千万四千万というような数字が新聞に出る。そんな多額のお金がどこともなく眠っているものらしいけれど、そんなに沢山なくても、もっともっと小さいものでも天から降って来るような奇蹟を待とう。奇蹟というものは昔もあって、今もあると私は信じる。

（『燈火節』暮しの手帖社、一九五三・六）

若菜のうち

泉鏡花

春の山――と、優に大きく、申出《もうしい》でるほどの事ではない。われら式のぶらぶらあるき、彼岸《ひがん》もはやくすぎた、四月上旬の田畝路《たんぼみち》は、些《ち》とのぼせるほど暖《あたたか》い。

修善寺《しゅぜんじ》の温泉宿、新井《あらい》から、――着て出た羽織《はおり》は脱ぎたいくらい。が脱ぐと、ステッキの片手の荷に成る。つれの家内が持って遣《や》ろうというのだけれど、二十か、三十そこそこで双方容子《ようす》が好《い》いのだと野山の景色にもなろうもの……紫末濃《むらさきすそご》でも小桜縅《こざくらおどし》でも何でもない。茶縞《ちゃじま》の布子《ぬのこ》と来て、菫《すみれ》、げんげにも恥かしい。……第一そこらにひらひらしている蝶々《ちょうちょう》の袖《そで》に対しても、果報ものの狩衣《かりぎぬ》ではない、衣装持《いしょうもち》の後見《こうけん》は、いきすぎよう。

汗ばんだ猪首《いくび》の兜《かぶと》、いや、中折《なかおれ》の古帽を脱いで、薄くなった折目を気にして、そっと撫《な》でて、杖《つえ》の柄《え》に引っ掛けて、ひょいと、かつぐと、

「そこで端折《はしょ》ったり、じんじんばしょり、頬かぶり。」

と、うしろから婦《おんな》がひやかす。

「それ、狐が居る。」

「いやですよ。」

何を、こいつら……大みそかの事を忘れたか。新春の読《よみ》ものだからといって、暢気《のんき》らしい。

田畑を隔てた、桂川《かつらがわ》の瀬の音も、小鼓《こつづみ》に聞えて、一方、なだらかな山懐《やまふところ》に、桜の咲いた里景色《さとげしき》。

薄い桃も交《まじ》って居た。

近くに藁屋《わらや》も見えないのに、その山裾《やますそ》の草の径《みち》から、ほかほかとして、女の子が——姉妹《きょうだい》らしい二人づれ。……時間を思っても、まだ小学校前らしいのが、手に、すかんぼも茅花《つばな》も持たないけれど、摘み草の夢の中を歩行《ある》くように、うっとりとした顔をしたのと、径《みち》の角で行逢《ゆきあ》った。

「今日《こんち》は、姉《ねえ》ちゃん、蕨《わらび》のある処《ところ》を教えて下さいな。」

肩に耳の附着《くッつ》くほど、右へ顔を傾けて、も一つ左へ傾けたから、

「わらび——……小さなのでもいいの、かわいらしい、あなたのような。」

この無遠慮な小母《おば》さんに、妹はあっけに取られたが、姉の方は頷《うなず》いた。

「はい、お煎餅《せんべい》、少しですよ。……お二人でね……」

お駄賃《だちん》に、懐紙《かいし》に包んだのを白銅製のものかと思うと、銀の小粒で……宿の勘定前だから、怪《け》しからず気前が好《い》い。

女の子は、半分気味の悪そうに狐に魅《つま》まれでもしたように掌《てのひら》に受けると――二人を、山裾《やますそ》のこの坂口まで、導いて、上へ指さしをした――その来た時とおんなじに妹の手を引いて、少しせき足にあの径《みち》を、何だか、ふわふわと浮いて行《ゆ》く。……

さて、二人がその帰り道である。成程《なるほど》小さい、白魚《しらうお》ばかり、そのかわり、根の群青《ぐんじょう》に、薄く藍《あい》をぼかして尖《さき》の真紫《まむらさき》なのを五、六本。何、牛に乗らないだけの仙家《せんか》の女《め》の童《わらわ》の指示《しめし》である……もっと山高く、草深く分入《わけい》ればだけれども、それにはこの陽気だ、蛇体《じゃたい》という障碍《しょうげ》があって、望むものの方に、苦行《くぎょう》が足りない。で、その小さなのを五、六本。園女《そのじょ》の鼻紙の間に何とかいう菫《すみれ》に恥《はじ》よ。懐にして、もとの野道へ出ると、小鼓は響いて花菜《はなな》は眩《まばゆ》い。影はいない。――彼処《かしこ》に、路傍《みちばた》に咲き残った、紅梅《こうばい》か。いや桃だ。……近くに行ったら、花が自《おのず》から、ものを言おう。

その町の方へ、近づくと、桃である。根に軽く築《つ》いた草堤《くさづつみ》の蔭《かげ》から、黒い髪が、額《ひたい》が、鼻が、口が、おお、赤い帯が、おなじように、揃《そろ》って、二人出て、前刻《せんこく》の姉妹《きょうだい》が、黙って……襟肩《えりかた》で、少しばかり、極《きま》りが悪いか、むずむずしながら、姉が二本、妹が一本、鼓草《たんぽぽ》の花を、すいと出した。

「まあ、姉ちゃん。」

「どうも、ありがとう。」

私も今はかぶっていた帽を取って、その二本の方を慾張《よくば》った。

とはいえ、何となく胸に響いた。響いたのは、形容でも何でもない。川音がタタと鼓草を打って花に日の光が動いたのである。濃く香《かぐわ》しい、その幾重《いくえ》の花葩《はなびら》の裡《うち》に、幼児《おさなご》の姿は、二つながら吸われて消えた。

……ものには順がある。――胸のせまるまで、二人が――思わず熟《じっ》と姉妹《きょうだい》の顔を瞻《みまも》った時、忽《たちま》ち背中で――もお――と鳴いた。

振向くと、すぐ其処《そこ》に小屋があって、親が留守の犢《こうし》が光った鼻を出した。

――もお――

濡れた鼻息は、陽炎《かげろう》に蒸されて、長閑《のどか》に銀粉《ぎんぷん》を刷《は》いた。その隙《ひま》に、姉妹《きょうだい》は見えなくなったのである。桃の花の微笑《ほほえ》む時、黙って顔を見合せた。

子のない夫婦は、さびしかった。

おなじようなことがある。様子は一寸《ちょっと》違っているが、それも修善寺で、時節は秋の末、十一月はじめだから、……さあ、もう冬であった。

場所は——前記のは、桂川《かつらがわ》を上《のぼ》る、大師《だいし》の奥の院へ行く本道と、渓流を隔てた、川堤の岐路《えだみち》だった。これは新停車場《しんていしゃじょう》へ向って、ずっと滝の末ともいおう、瀬の下で、大仁通《おおひとがよ》いの街道を傍《わき》へ入って、田畝《たんぼ》の中を、小路へ幾つか畝《うね》りつつ上《のぼ》った途中であった。

上等の小春日和《こはるびより》で、今日も汗ばむほどだったが、今度は外套《がいとう》を脱いで、杖の尖《さき》には引っ掛けなかった。行《や》ると、案山子《かかし》を抜いて来たと叱られようから。

婦《おんな》は、道端の藪《やぶ》を覗《のぞ》き松の根を潜《くぐ》った、龍胆《りんどう》の、茎の細いのを摘んで持った。これは袂《たもと》にも懐にも入らないから、何に対し、誰《たれ》に恥ていいか分らない。

「マッチをあげますか。」

「先《ま》ず一服だ。」

安煙草《やすたばこ》の匂《におい》のかわりに、稲の甘い香《か》が耳まで包む。日を一杯に吸って、目の前の稲は、とろとろと、垂穂《たりほ》で居眠りをするらしい。

向って、外套の黒い裙《すそ》と、青い褄《つま》で腰を掛けた、むら尾花《おばな》の連《つらな》って輝く穂は、キラキラと白銀《はくぎん》の波である。

預けた、龍胆の影が紫の灯《ひ》のように穂をすいて、昼の十日ばかりの月が澄む。稲の下にも薄《すすき》の中にも、細流《せせらぎ》の囁《ささや》くように、ちちろ、ちちろと声がして、その鳴く音《ね》の高低《たかひく》に、静まった草もみじが、そこらの刈《かり》あとにこぼれた粟《あわ》の落穂とともに、風のないのに軽く動いた。

麓《ふもと》を見ると、塵焼場《ちりやきば》だという、煙突が、豚の鼻面のように低く仰向《あおむ》いて、むくむくと煙を噴《ふ》くのが、黒くもならず、青々と一条立騰《ひとすじたちのぼ》って、空なる昼の月に淡《うす》く消える。これも夜中には幽霊じみて、旅人を怯《おびや》かそう。――夜泣松《よなきまつ》というのが丘下《おかした》の山の出端《でばな》に、黙った烏《からす》のように羽を重ねた。

「大分上《のぼ》ったな。」

「帰りますか。」

「一奮発《ひとふんぱつ》、向うへ廻ろうか。その道は、修善寺の裏山へ抜けられる。」

一廻り斜《ななめ》に見上げた、尾花《おばな》を分けて、稲の真日南《まひなた》へ――スッと低く飛んだ、赤蜻蛉《あかとんぼ》を、挿《かざし》にして、小さな女の児《こ》が、――また二人。

「まあ、おんなじような、いつかの鼓草《たんぽぽ》のと……」

「少し違うぜ、春のが、山姫のおつかわしめだと、向うへ出たのは山の神の落子《おとしご》らしいよ、柄《がら》ゆきが——最《もっと》も今度の方はお前には縁《えん》がある。」

「大ありですね。」

と荒《あら》びた処《ところ》が、すなわち、その山の神で……

「第一、大すきな柿を食べています。ごらんなさい。小さい方が。」

「どッちでも構わないが、その柿々をいうな、というのに——柿々というたびに、宿のかみさんから庭の柿のお見舞が来るので、ひやひやする。」

「春時分は、筍《たけのこ》が掘って見たい筍が掘って見たいと、御主人を驚かして、お惣菜《そうざい》にありつくのは誰さ。……ああ、おいしそうだ、頬辺《ほっぺた》から、菓汁《つゆ》が垂れているじゃありませんか。」

横なでをしたように、妹の子は口も頬も——熟柿《じゅくし》と見えて、だらりと赤い。姉は大きなのを握っていた。

涎《よだれ》も、洟《はな》も見える処《ところ》で、

「その柿、おくれな、小母《おば》さんに。」

と唐突《だしぬけ》にいった。

昔は、川柳《せんりゅう》に、熊坂《くまさか》の脛《すね》のあたりで、みいん、みいん。で、薄《すすき》の裾《すそ》には、蟋蟀《こおろぎ》が鳴くばかり、幼児《おさなご》の目には鬼神《きじん》のお松だ。

ぎょっとしたろう、首をすくめて、泣出《なきだ》しそうに、べそを掻いた。

その時姉が、並んで来たのを、衝《つ》と前へ出ると、ぴったりと妹をうしろに囲うと、筒袖《つつそで》だが、袖を開いて、小腕で庇《かば》って、いたいけな掌をパッと開いて、鏃《やじり》の如く五指を反らした。

しかして、踏留《ふみと》まって、睨《にら》むかと目をみはった。

「ごめんよ。」

私が帽子を取ると斉《ひと》しく、婦《おんな》がせき込んで、くもった声で、

「ごめんなさい、姉ちゃん、ごめんなさい。」

二人は思わず、ほろりとした。

宿の廊下づたいに、湯に行《ゆ》く橋がかりの欄干《らんかん》ずれに、その名樹《めいじゅ》の柿が、梢を暗く、紅日《こうじつ》に照っている。

二羽。

「雀《すずめ》がいる。」

その雀色時《すずめいろどき》。

「めじろですわ。」

（『大阪朝日新聞』一九三三・二・五）

博士の目

山川方夫

私がマックス・プランツ研究所にロレンス博士をたずねたのは、数年前の早春のある日である。たまたま、近くの大学で国際動物学会が開催され、わざわざ日本から参加した私は、高名な博士に逢える機会を逃したくなかったのだ。博士は、動物本能の――正確には、動物の内因性行動に関しての、世界的権威である。たぶん、博士の名を知らない心理学者、ことに動物心理学者はいないだろう。

だが、そのとき私の印象にもっとも強くのこったのは、博士の目である。それは、茶色がかった明るく澄んだ色だったが、その奥にやさしく茫漠としたひろがりを感じさせて、すべての人びとをその底に引きずりこまずにはおかぬような、奇妙な深いものをたたえた目なのである。

ロレンス博士は、当時六二歳、あたたかな大きな掌をもった老人で、遠来の私をこころよく迎えてくれた。学会で知り合った米国人の教授が通知してくれたらしく、博士は一人で研究所の門によりかかって私を待っていてくれたのである。

一見、田舎の村長さんみたいな、銀色の山羊髭の生えた朴訥《ぼくとつ》な風貌だが、隆《たか》い鼻、ひろい額は、さすがに世界的な大学者の品位をそなえていた。握手を交しながら、私はまずその微笑が、ひどくやさしい、親しみ深いものであるのに気づいた。

研究所の門を入って、私は呆《あき》れて立ち止った。マックス・プランツの名を冠したその研究所は、たしか国立のはずだったが、その規模の小ささと殺風景さは、私の想像をはるかに絶していた。……だだっぴろい曇った空の下に、小さな赤煉瓦《あかれんが》造りの粗末な母屋が一つと、温室が一つ、物置のような小舎が三つ四つ、それぞれがひどく古めかしい外観をみせて点在して、ただ、それをとりまく疎林と畑地のある平坦な敷地だけが、ひろびろとどこまでもつづいている。それが、有名な「マックス・プランツ」の全景なのであった。

「……ここには、四季の変化しか変化がない。娯楽の設備もない」博士は、肩をならべ母屋の方へ歩きながら、私に笑いかけた。

「私は、独身のまま、ここに住んでいます。助手は三人だが、みんな結婚していて、細君もすべて動物学者なのです。だから私は六人の助手といっしょに、ここで観察と研究だけの毎日を生きているわけです。……近ごろの人、ことにアメリカの若い学者たちは、それを聞くとおどろきます。それでは、毎日が単調にすぎはしないか？　人なみの愉しみを味わわずに、どうして休息をとっているのか。あなたには、アイクもヤンキースもないのか？」

博士は肩をすくめた。

「……しかし、私は鳥や魚のよろこぶものをよろこんでいれば、それで満足です。かれらを飼い、世話をやき、観察しているだけで私は充分だし、せいいっぱいです。そして、それが私のただ一つの人間としてのよろこびなのです。……」

「立派なことです。私は先生を尊敬します」

と私は答えた。博士は手をひろげた。

「いや、そうじゃない。立派なことだなんて思わないで下さい」博士はいたずらっぽく笑い、私の肩をたたいた。「じつのことをいえばね、人間という動物は、私には複雑すぎ、高級すぎるのです。それだけのことです。私は、むしろ魚や鳥の仲間なのです」

砂利の敷かれた赤土の道を歩きながら、私は博士のその言葉に、なんとなく感動していた。とにかく、そのときはまだ博士は、私には、つねにおだやかな微笑をもつ、柔和な、すぐれた一人の老学者にすぎなかった。

午後の数時間を、私は博士とともに温室の水族館の中ですごした。博士は、水槽のほとんど一つ一つの前で立ち止って、詳細で興味ぶかい説明を加えた。私は時のたつのを忘れた。私は、鰭《ひれ》一枚の動きすら見逃さない老博士の観察の精細さと、尽きることをしらない深遠な知識、さらにその独自な理論展開のあざやかさに、心から感嘆した。よほど夢中になっていたのだろう、水槽を一廻りしたとき、私はへとへとに疲れていた。

「じゃ、こんどは家鴨《あひる》をご覧になりませんか？　池に放し飼いにしてあるんですよ。どうです、散歩がてらに」

私の疲労を察したのか、「散歩」という言葉に力をこめ、博士は誘った。それは、そろそろ四時近い時刻だったろうか。

博士と私とは、研究所の建物の裏にまわり、疎《まば》らな雑木林の中に歩み入った。百米ほど進んだとき、正面に曇り日の光を受け、鏡を伏せたように輝く結氷した池の面が見えた。四月の初旬とはいえ、この地方はまだまだ冬の気候で、氷の上を吹いてくる風はかなり冷たい。葉を落した林の道に、ときどきかすかな音が立つのは、どうやら野鳥らしい。

池は、ちょうど一周四百米のリンクを思わせる広さである。真中に浮御堂《うきみどう》のような小舎があって、博士を先に、私たちは氷の上をあるき、その小舎に入った。不思議なことに、家鴨はまだ一羽も見えなかった。

おそらく助手の夫人の一人だろう、一人の若い女性が双眼鏡を首にかけて、喰い入るように窓から池の一角をみつめている。その方向を眺めて、やっと私は納得した。池のその部分は結氷を避けるために囲ってあり、その水溜りに、群をなして家鴨がいたのである。

女性は、微笑して私たちにかるくうなずき、すぐまた眼を双眼鏡にあてた。色の褪せたセーターにズボンをはき、寒さのためか彼女の頬は真赤だった。

「どうぞ、なんでも彼女に聞いて下さい」と博士はいい、腕を組むと家鴨の群のほうに顔を向けた。博士は、そして突然、焦点のない煙ったような眼眸の顔になった。

後になって、私が恐怖に似たものを胸に閃《ひらめ》かせて、幾度も思いうかべたのは、そのときの博士の目なのである。……だが、無論、そのときの私にはなんの恐怖もなかった。私は博士にいわれたとおり、雀斑《そばかす》のういた頬が赤い、そのまだ若い女性にたずねた。

「毎日、こうして観察していらっしゃるのですか？」

「はい」と、彼女は答えた。「毎日です。異常があると困りますので。……でも、なかなか先生のようにはすぐ発見できなくって」

「じゃあ、一日に一度は数をかぞえられるわけですね」

「いいえ、そんなことはほとんどありませんの」

彼女はやっと双眼鏡から目を放して、私に笑いかけた。

「だいたい百三十羽くらいですわ。でも、先生は全部の鳥について、その顔、声、性質、癖などはもちろん、夫婦関係から健康状態まで、いっさいを手にとるように知っていらっしゃるので、一羽いなくなってもすぐわかるんです」

「すばらしい能力だ」

私は感心して叫んだ。

「どうしてそんなに精《くわ》しくおわかりになるんだろう」

「私にもよくわかりません。ただ私たちには真似のできない能力をおもちだと思うだけです」彼女は明るくいい、手をあげて氷の上に出てきた一羽を指さした。

「ひどく孤独でしょう？　あの雄は、最近失恋したんですわ。もちろん、これも先生から教わったんですけど」

私たちは声を合わせて笑い、私はふと、声も立てず、化石したようにさっきの姿勢を崩さない老博士に気づいた。博士は、頬に微笑をうかべたまま、目はむしろこわいような静けさをたたえていて、あいかわらず、まるで遠くをみつめているみたいな深くぼんやりとした眼眸をしているのだ。それを動かさない。

「……私は、関係で見るのですよ」と、同じ姿勢のまま、博士はいった。「つまり、夫婦、親子、一族、そのうちの一羽に恋している他の一族の何、とグループごとにまとめて、全体を一つの関係としてとらえるのです。だから、一羽の異常がすぐにわかるのです。全体の動きから、異常をおこした一羽がどの一族の何か、すぐ見当がつきます。正常な状態にさえ慣れておけば、異常にはすぐ気がつくものです」

博士は、親しげな笑顔で私を振りかえった。目は、おだやかなそれまでと同じものに戻っていた。

「異常をおこした一羽は、たちまち疎外されて、他の鳥たちはその一羽をまるで相手にしません。……ご存知でしょうが、家鴨は、顔や外観より、声音でおたがいを認知します。そして、かれらの心の安定に障害をあたえるものを、ひどく敏感に排斥するのですね」

博士は言葉を切り、考えこむような顔になってつづけた。

「こんな例があります。あるとき、一羽の雄の家鴨が妙な行動を示して、家族の成員から排斥され、無視され、やがて完全にここでの家鴨たちの社会から、追放されてしまいました。ほどなくそれが死んで、私が解剖したのですが、どこかのハンターの流れ弾を受けたらしく、脳に傷があって、そこに腫瘍ができていました」

「ほほう」

私は興味をもって訊《たず》ねた。

「人間でいえば、発狂していたというわけですね？」

「まあそうです。違うルールを生きる存在だったわけです。家鴨たちは、そういう一羽にたいしてはじつに手きびしい。もっとも、人間だって同じことですがね」

「でも人間のほうが、まだしも義理だとか愛だとかで、いったん結んだ関係に引きずられる」と私はいった。「鳥たちには、関係はあっても絆《きずな》はないのですね？」

博士は、微笑したままやや長く私をみつめていた。

「ひとつ、面白い話をしましょう」

と、彼はいった。

「まだ、仲間から排斥されたあの家鴨が生きていた頃のことです。……ある日、偶然に一人の婦人がここに見学に見えましてね。ミセス・デーヴィスという方でしたが、その人が、例の家鴨の声を聞いて、とたんに血相をかえたのです。そして叫びました。『ああ、あれは私の夫の声です！』そして、窓からその家鴨を見て、彼女は蒼白になって私にいったのです。『ああ、あれは私の夫の顔です！　私の夫の目です！』……私はおどろいて、その婦人にたずねました。するとその夫は、朝鮮で大脳に爆弾の破片をうけ、帰還したことはしたのですが、いつのまにかどこかへ行ってしまい、いまは行方不明になってるんです」

――突然、博士は池のほうを振り向き、手を口に当てて奇妙な叫びごえをあげた。あたりの静寂を映す鏡のような池の面に、それは二、三度くりかえされ、そのたびに疎らな林の梢に消えていった。

私は、博士がなにを叫んだのか、なにが起こったのか、見当もつかなかった。きっと私はただぼんやりとしていたのだろう。博士がその私の肩を小突いた。窓のほうを眺めるよう、目で合図をした。

私は指図されたとおり、窓から家鴨の群れている水溜りの方角をながめた。小さな一つの点がそのとき氷の上に飛び上って、左右に揺れながらまっすぐにこちらへと進んできた。それは、一羽の家鴨だった。張りつめた氷の上を、よちよちと歩きながら、けんめいな速度で私たちのいる小舎へと向ってくる。

「ご紹介します。……ミセス・デーヴィスです」

と、博士はいった。私は戦慄した。笑いもせず、博士の手は、あきらかにそのよちよちと近づく一羽の家鴨を指しているのだ。そして、博士の目は変化していた。その目は焦点がなくなり、明るく澄んだ茫漠とした視野の中に私をつつんでいた。私は、音もなく自分がその中へ、博士の目の奥にひろがるもう一つの世界へ、吸いこまれてゆくような気がしていた。私は、目をそらすことができなかった。

と、博士の目が動いた。窓枠に、いまの家鴨がとまっていた。

ふたたび、恐怖が私の全身をはしった。博士と家鴨とは、おたがいに同じ目で見合っていた。……私は呆然としてその二つの目をながめた。茫洋《ぼうよう》とした、しかし硬いガラス玉を思わせるような焦点のない瞳で、だが博士は、あきらかに一羽の家鴨の目をしていた。

双眼鏡の女性は、はじめと同じ姿勢のまま、知らん顔で熱心に観察をつづけている。私は全身が慄《ふる》えてきた。

「……ご紹介します」

と、また博士はいった。私は、やっと呼吸《いき》を吐いた。博士の目は、あの親しみ深い老人のそれにかえっていた。博士は、例のおだやかな微笑で私に笑いながら、しずかな声でいった。

「この雌の家鴨は、人間のミセス・デーヴィスがここに来られた翌日、どこからか迷いこんできました。そして、この一羽だけが、脳に傷をうけ仲間はずれにされていたあの家鴨に、最後まで親切にしてやってくれたのです。それで私たちは、それいらい、彼女をミセス・デーヴィスと名づけたのです」

私が奇妙な夢を見たのはその夜である。いまも、私は明瞭にその夢をおぼえている。

——ロレンス博士が、机に向っている。窓の外は闇だ。深夜なのだ。その窓ガラスに、コツコツと音がひびいてくる。そこに一羽の家鴨がいて、ガラスを嘴《くちばし》でたたいているのである。

博士が振りかえっていう。

「ああ、ミセス・デーヴィス。もう時間か。……よし、いま行く。待っていてくれたまえ」

そして博士は立ち上って、窓を開ける。家鴨と目を見合わす。

「さあ。呼吸ぬきに出かけようか。……とにかく人間というやつはうるさい。なにしろ、やつらがつくり上げ、やつらが犇《ひし》めきあっている世界の他に、世界なんてないと信じこんでいるんだからな。だが、私は君たちの仲間だ。君たちの世界こそ、私の世界なのだ。そこでこそ、私はくつろぐことができる。……さて、そろそろ君たちの世界へ行くとしようか」

博士は手足を屈伸させ、ゆっくりと伸びをするように左右に手をひろげる。そして、あの茫洋とした深く澄んだ目つきになる。と、博士の姿はぼやけはじめ、濃い煙のようになってみるみる縮んでゆき、その中にあの二つの目だけが光って、いつのまにか、博士は一羽の家鴨に変身してしまっている。

博士は、羽搏《はば》きをし、開かれた窓から闇の中に姿を消す。やがて、池の上で聞いたあの叫びが、鳴き交わすように裸木の林のあいだを縫い、池の方角へと遠ざかってゆくのが聞こえる。遠く、博士を歓迎する無数の家鴨たちの叫びごえが、かすかに、隠密なざわめきのようにはじまり、真暗な夜の奥に、いつしかこの音の無いざわめきがみちあふれる――

ホテルの一室で、私はびっしょりと全身に汗をかいて目ざめた。まだ闇に近い部屋の中を見まわし、私はしばらくは博士のあの呪術的な茶色く透明な凝視が、どこからか私をみつめているような気がしていた。

やさしく茫漠としたあのひろがり、しずかな深い世界。私は、むしろ魚や鳥の仲間なのです。博士のそんな声が、どこかから聞こえてくるような気がしていた。——私は、そしてふと思ったのだ。明日、あの研究所の池の水溜りに、一羽の雄の家鴨がまぎれこむのではないだろうか。博士は、それに私の名をつけるのではないだろうか、と。……

(『ヒッチコック・マガジン』一九六二・四)

桜の森の満開の下

坂口安吾

桜の花が咲くと人々は酒をぶらさげたり団子《だんご》をたべて花の下を歩いて絶景だの春ランマンだのと浮かれて陽気になりますが、これは嘘です。なぜ嘘かと申しますと、桜の花の下へ人がより集って酔っ払ってゲロを吐いて喧嘩《けんか》して、これは江戸時代からの話で、大昔は桜の花の下は怖しいと思っても、絶景だなどとは誰も思いませんでした。近頃は桜の花の下といえば人間がより集って酒をのんで喧嘩していますから陽気でにぎやかだと思いこんでいますが、桜の花の下から人間を取り去ると怖ろしい景色になりますので、能にも、さる母親が愛児を人さらいにさらわれて子供を探して発狂して桜の花の満開の林の下へ来かかり見渡す花びらの陰に子供の幻を描いて狂い死して花びらに埋まってしまう（このところ小生の蛇足《だそく》）という話もあり、桜の林の花の下に人の姿がなければ怖しいばかりです。

昔、鈴鹿峠にも旅人が桜の森の花の下を通らなければならないような道になっていました。花の咲かない頃はよろしいのですが、花の季節になると、旅人はみんな森の花の下で気が変になりました。できるだけ早く花の下から逃げようと思って、青い木や枯れ木のある方へ一目散に走りだしたものです。一人だとまだよいので、なぜかというと、花の下を一目散に逃げて、あたりまえの木の下へくるとホッとしてヤレヤレと思って、すむからですが、二人連は都合が悪い。なぜなら人間の足の早さは各人各様で、一人が遅れますから、オイ待ってくれ、後から必死に叫んでも、みんな気違いで、友達をすてて走ります。それで鈴鹿峠の桜の森の花の下を通過したとたんに今迄仲のよかった旅人が仲が悪くなり、相手の友情を信用しなくなります。そんなことから旅人も自然に桜の森の下を通らないで、わざわざ遠まわりの別の山道を歩くようになり、やがて桜の森は街道を外《はず》れて人の子一人通らない山の静寂へとり残されてしまいました。

そうなって何年かあとに、この山に一人の山賊が住みはじめましたが、この山賊はずいぶんむごたらしい男で、街道へでて情容赦なく着物をはぎ人の命も断ちましたが、こんな男でも桜の森の花の下へくるとやっぱり怖しくなって気が変になりました。そこで山賊はそれ以来花がきらいで、花というものは怖しいものだな、なんだか厭《いや》なものだ、そういう風に腹の中では呟《つぶや》いていました。花の下では風がないのにゴウゴウ風が鳴っているような気がしました。そのくせ風がちっともなく、一つも物音がありません。自分の姿と跫音《あしおと》ばかりで、それがひっそり冷めたいそして動かない風の中につつまれていました。花びらがぽそぽそ散るように魂が散っていのちがだんだん衰えて行くように思われます。それで目をつぶって何か叫んで逃げたくなりますが、目をつぶると桜の木にぶつかるので目をつぶるわけにも行きませんから、一そう気違いになるのでした。

けれども山賊は落付いた男で、後悔ということを知らない男ですから、これはおかしいと考えたのです。ひとつ、来年、考えてやろう。そう思いました。今年は考える気がしなかったのです。そして、来年、花がさいたら、そのときじっくり考えようと思いました。毎年そう考えて、もう十何年もたち、今年も亦《また》、来年になったら考えてやろうと思って、又、年が暮れてしまいました。

そう考えているうちに、始めは一人だった女房がもう七人にもなり、八人目の女房を又街道から女の亭主の着物と一緒にさらってきました。女の亭主は殺してきました。山賊は女の亭主を殺す時から、どうも変だと思っていました。いつもと勝手が違うのです。どこということは分らぬけれども、変てこで、けれども彼の心は物にこだわることに慣れませんので、そのときも格別深く心にとめませんでした。

山賊は始めは男を殺す気はなかったので、身ぐるみ脱がせて、いつもするようにとっとと失せろと蹴とばしてやるつもりでしたが、女が美しすぎたので、ふと、男を斬りすてていました。彼自身に思いがけない出来事であったばかりでなく、女にとっても思いがけない出来事だったしるしに、山賊がふりむくと女は腰をぬかして彼の顔をぼんやり見つめました。今日からお前は俺の女房だと言うと、女はうなずきました。手をとって女を引き起すと、女は歩けないからオブっておくれと言います。山賊は承知承知と女を軽々と背負って歩きましたが、険《けわ》しい登り坂へきて、ここは危いから降りて歩いて貰おうと言っても、女はしがみついて厭々、厭ヨ、と言って降りません。

「お前のような山男が苦しがるほどの坂道をどうして私が歩けるものか、考えてごらんよ」

「そうか、そうか、よしよし」と男は疲れて苦しくても好機嫌でした。「でも、一度だけ降りておくれ。私は強いのだから、苦しくて、一休みしたいというわけじゃないぜ。眼の玉が頭の後側にあるというわけのものじゃないから、さっきからお前さんをオブっていてもなんとなくもどかしくて仕方がないのだよ。一度だけ下へ降りてかわいい顔を拝ましてもらいたいものだ」

「厭よ、厭よ」と、又、女はやけに首っ玉にしがみつきました。「私はこんな淋しいところに一っときもジッとしていられないヨ。お前のうちのあるところまで一っときも休まず急いでおくれ。さもないと、私はお前の女房になってやらないよ。私にこんな淋しい思いをさせるなら、私は舌を嚙んで死んでしまうから」

「よしよし。分った。お前のたのみはなんでもきいてやろう」

山賊はこの美しい女房を相手に未来のたのしみを考えて、とけるような幸福を感じました。彼は威張りかえって肩を張って、前の山、後の山、右の山、左の山、ぐるりと一廻転して女に見せて、

「これだけの山という山がみんな俺のものなんだぜ」

と言いましたが、女はそんなことにはてんで取りあいません。彼は意外に又残念で、

「いいかい。お前の目に見える山という山、木という木、谷という谷、その谷からわく雲まで、みんな俺のものなんだぜ」

「早く歩いておくれ。私はこんな岩コブだらけの崖の下にいたくないのだから」

「よし、よし。今にうちにつくと飛びきりの御馳走をこしらえてやるよ」

「お前はもっと急げないのかえ。走っておくれ」

「なかなかこの坂道は俺が一人でもそうは駈《か》けられない難所だよ」

「お前も見かけによらない意気地なしだねえ。私としたことが、とんだ甲斐性なしの女房になってしまった。ああ、ああ。これから何をたよりに暮したらいいのだろう」

「なにを馬鹿な。これぐらいの坂道が」

「アア、もどかしいねえ。お前はもう疲れたのかえ」

「馬鹿なことを。この坂道をつきぬけると、鹿もかなわぬように走ってみせるから」

「でもお前の息は苦しそうだよ。顔色が青いじゃないか」

「なんでも物事の始めのうちはそういうものさ。今に勢いのはずみがつけば、お前が背中で目を廻すぐらい速く走るよ」

けれども山賊は身体が節々からバラバラに分かれてしまったように疲れていました。そしてわが家の前へ辿《たど》りついたときには目もくらみ耳もなり嗄《しわが》れ声のひときれをふりしぼる力もありません。家の中から七人の女房が迎えに出てきましたが、山賊は石のようにこわばった身体をほぐして背中の女を下すだけで勢一杯でした。

七人の女房は今迄に見かけたこともない女の美しさに打たれましたが、女は七人の女房の汚さに驚きました。七人の女房の中には昔はかなり綺麗な女もいたのですが今は見る影

もありません。女は薄気味悪がって男の背へしりぞいて、

「この山女は何なのよ」

「これは俺の昔の女房なんだよ」

と男は困って「昔の」という文句を考えついて加えたのはとっさの返事にしては良く出来ていましたが、女は容赦がありません。

「まア、これがお前の女房かえ」

「それは、お前、俺はお前のような可愛いい女がいようとは知らなかったのだからね」

「あの女を斬り殺しておくれ」

女はいちばん顔形のととのった一人を指して叫びました。

「だって、お前、殺さなくっとも、女中だと思えばいいじゃないか」

「お前は私の亭主を殺したくせに、自分の女房が殺せないのかえ。お前はそれでも私を女房にするつもりなのかえ」

男の結ばれた口から呻《うめ》きがもれました。男はとびあがるように一躍りして指された女を斬り倒していました。然《しか》し、息つくひまもありません。

「この女よ。今度は、それ、この女よ」

男はためらいましたが、すぐズカズカ歩いて行って、女の頸《くび》へザクリとダンビラを斬りこみました。首がまだコロコロととまらぬうちに、女のふっくらツヤのある透きとおる声は次の女を指して美しく響いていました。

「この女よ。今度は」

指された女は両手に顔をかくしてキャーという叫び声をはりあげました。その叫びにふりかぶって、ダンビラは宙を閃《ひらめ》いて走りました。残る女たちは俄《にわか》に一時に立上って四方に散りました。

「一人でも逃したら承知しないよ。藪《やぶ》の陰にも一人いるよ。上手へ一人逃げて行くよ」

男は血刀をふりあげて山の林を駈け狂いました。たった一人逃げおくれて腰をぬかした女がいました。それはいちばん醜くて、ビッコの女でしたが、男が逃げた女を一人あまさず斬りすてて戻ってきて、無造作にダンビラをふりあげますと、

「いいのよ。この女だけは。これは私が女中に使うから」

「ついでだから、やってしまうよ」

「バカだね。私が殺さないでおくれと言うのだよ」

「アア、そうか。ほんとだ」

男は血刀を投げすてて尻もちをつきました。疲れがどッとこみあげて目がくらみ、土から生えた尻のように重みが分ってきました。ふと静寂に気がつきました。とびたつような怖ろしさがこみあげ、ぎょッとして振向くと、女はそこにいくらかやる瀬ない風情でたたずんでいます。男は悪夢からさめたような気がしました。そして、目も魂も自然に女の美しさに吸いよせられて動かなくなってしまいました。けれども男は不安でした。どういう不安だか、なぜ、不安だか、何が、不安だか、彼には分らぬのです。女が美しすぎて、彼の魂がそれに吸いよせられていたので、胸の不安の波立ちをさして気にせずにいられただけです。

なんだか、似ているようだな、と彼は思いました。似たことが、いつか、あった、それは、と彼は考えました。アア、そうだ、あれだ。気がつくと彼はびっくりしました。

桜の森の満開の下です。あの下を通る時に似ていました。どこが、何が、どんな風に似ているのだか分りません。けれども、何か、似ていることは、たしかでした。彼にはいつもそれぐらいのことしか分らず、それから先は分らなくても気にならぬたちの男でした。

山の長い冬が終り、山のてっぺんの方や谷のくぼみに樹の陰に雪はポツポツ残っていましたが、やがて花の季節が訪れようとして春のきざしが空いちめんにかがやいていました。

今年、桜の花が咲いたら、と、彼は考えました。花の下にさしかかる時はまだそれほどではありません。それで思いきって花の下へ歩きこみます。だんだん歩くうちに気が変になり、前も後も右も左も、どっちを見ても上にかぶさる花ばかり、森のまんなかに近づくと怖しさに盲滅法たまらなくなるのでした。今年はひとつ、あの花ざかりの林のまんなかで、ジッと動かずに、いや、思いきって地べたに坐《すわ》ってやろう、と彼は考えました。そのとき、この女もつれて行こうか、彼はふと考えて、女の顔をチラと見ると、胸さわぎがして慌てて目をそらしました。自分の肚《はら》が女に知れては大変だという気持が、なぜだか胸に焼け残りました。

＊

女は大変なわがまま者でした。どんなに心をこめた御馳走をこしらえてやっても、必ず不服を言いました。彼は小鳥や鹿をとりに山を走りました。猪《いのしし》も熊もとりました。ビッコの女は木の芽や草の根をさがしてひねもす林間をさまよいました。然し女は満足を示したことはありません。

「毎日こんなものを私に食えというのかえ」

「だって、飛び切りの御馳走なんだぜ。お前がここへくるまでは、十日に一度ぐらいしかこれだけのものは食わなかったものだ」

「お前は山男だからそれでいいのだろうさ。私の喉《のど》は通らないよ。こんな淋《さび》しい山奥で、夜の夜長にきくものと云えば梟《ふくろう》の声ばかり、せめて食べる物でも都に劣らぬおいしい物が食べられないものかねえ。都の風がどんなものか。その都の風をせきとめられた私の思いのせつなさがどんなものか、お前には察しることも出来ないのだね。お前は私から都の風をもぎとって、その代りにお前の呉《く》れた物といえば鴉《からす》や梟の鳴く声ばかり。お前はそれを羞《はず》かしいとも、むごたらしいとも思わないのだよ」

女の怨《えん》じる言葉の道理が男には呑みこめなかったのです。なぜなら男は都の風がどんなものだか知りません。見当もつかないのです。この生活、この幸福に足りないものがあるという事実に就《つい》て思い当るものがない。彼はただ女の怨じる風情の切なさに当惑し、それをどのように処置してよいか目当に就て何の事実も知らないので、もどかしさに苦しみました。

今迄には都からの旅人を何人殺したか知れません。都からの旅人は金持で所持品も豪華ですから、都は彼のよい鴨《かも》で、せっかく所持品を奪ってみても中身がつまらなかったりするとチェッこの田舎者め、とか土百姓めとか罵《ののし》ったもので、つまり彼は都に就てはそれだけが知識の全部で、豪華な所持品をもつ人達のいるところであり、彼はそれをまきあげるという考え以外に余念はありませんでした。都の空がどっちの方角だということすらも、考えてみる必要がなかったのです。

女は櫛《くし》だの笄《こうがい》だの簪《かんざし》だの紅《べに》だのを大事にしました。彼が泥の手や山の獣の血にぬれた手でかすかに着物にふれただけでも女は彼を叱りました。まるで着物が女のいのちであるように、そしてそれをまもることが自分のつとめであるように、身の廻りを清潔にさせ、家の手入れを命じます。その着物は一枚の小袖《こそで》と細紐《ほそひも》だけでは事足りず、何枚かの着物といくつもの紐と、そしてその紐は妙な形にむすばれ不必要に垂れ流されて、色々の飾り物をつけたすことによって一つの姿が完成されて行くのでした。男は目を見はりました。そして嘆声をもらしました。彼は納得させられたのです。かくして一つの美が成りたち、その美に彼が満たされている、それは疑《うたぐ》る余地がない、個としては意味をもたない不完全かつ不可解な断片が集まることによって一つの物を完成する、その物を分解すれば無意味なる断片に帰する、それを彼は彼らしく一つの妙なる魔術として納得させられたのでした。

男は山の木を切りだして女の命じるものを作ります。何物が、そして何用につくられるのか、彼自身それを作りつつあるうちは知ることが出来ないのでした。それは胡床《こしょう》と肱掛《ひじかけ》でした。胡床はつまり椅子です。お天気の日、女はこれを外へ出させて、日向《ひなた》に、又、木陰に、腰かけて目をつぶります。部屋の中では肱掛にもたれて物思いにふけるような、そしてそれは、それを見る男の目にはすべてが異様な、なまめかしく、なやましい姿に外《ほか》ならぬのでした。魔術は現実に行われており、彼自らがその魔術の助手でありながら、その行われる魔術の結果に常に訝《いぶか》りそして嘆賞するのでした。

ビッコの女は朝毎《ごと》に女の長い黒髪をくしけずります。そのために用いる水を、男は谷川の特に遠い清水からくみとり、そして特別そのように注意を払う自分の労苦をなつかしみました。自分自身が魔術の一つの力になりたいということが男の願いになっていました。そして彼自身くしけずられる黒髪にわが手を加えてみたいものだと思います。いやよ、そんな手は、と女は男を払いのけて叱ります。男は子供のように手をひっこめて、てれながら、黒髪にツヤが立ち、結ばれ、そして顔があらわれ、一つの美が描かれ生まれてくることを見果てぬ夢に思うのでした。

「こんなものがなア」

彼は模様のある櫛や飾のある笄をいじり廻しました。それは彼が今迄は意味も値打もみとめることのできなかったものでしたが、今も尚《なお》、物と物との調和や関係、飾りという意味の批判はありません。けれども魔力が分ります。魔力は物のいのちでした。物の中にもいのちがあります。

「お前がいじってはいけないよ。なぜ毎日きまったように手をだすのだろうね」

「不思議なものだなア」

「何が不思議なのさ」

「何がってこともないけどさ」

と男はてれました。彼には驚きがありましたが、その対象は分らぬのです。

そして男に都を怖れる心が生れていました。その怖れは恐怖ではなく、知らないということに対する羞恥と不安で、物知りが未知の事柄にいだく不安と羞恥に似ていました。女が「都」というたびに彼の心は怯《おび》え戦《おのの》きました。けれども彼は目に見える何物も怖れたことがなかったので、怖れの心になじみがなく、羞《は》じる心にも馴れていません。そして彼は都に対して敵意だけをもちました。

何百何千の都からの旅人を襲ったが手に立つ者がなかったのだから、と彼は満足して考えました。どんな過去を思いだしても、裏切られ傷けられる不安がありません。それに気附くと、彼は常に愉快で又誇りやかでした。彼は女の美に対して自分の強さを対比しました。そして強さの自覚の上で多少の苦手と見られるものは猪だけでした。その猪も実際はさして怖るべき敵でもないので、彼はゆとりがありました。

「都には牙のある人間がいるかい」

「弓をもったサムライがいるよ」

「ハッハッハ。弓なら俺は谷の向うの雀《すずめ》の子でも落すのだからな。都には刀が折れてしまうような皮の堅い人間はいないだろう」

「鎧《よろい》をきたサムライがいるよ」

「鎧は刀が折れるのか」

「折れるよ」

「俺は熊も猪も組み伏せてしまうのだからな」

「お前が本当に強い男なら、私を都へ連れて行っておくれ。お前の力で、私の欲しい物、都の粋を私の身の廻りへ飾っておくれ。そして私にシンから楽しい思いを授けてくれることができるなら、お前は本当に強い男なのさ」

「わけのないことだ」

男は都へ行くことに心をきめました。彼は都にありとある櫛や笄や簪や着物や鏡や紅を三日三晩とたたないうちに女の廻りへ積みあげてみせるつもりでした。何の気がかりもありません。一つだけ気にかかることは、まったく都に関係のない別なことでした。

それは桜の森でした。

二日か三日の後に森の満開が訪れようとしていました。今年こそ、彼は決意していました。桜の森の花ざかりのまんなかで、身動きもせずジッと坐っていてみせる。彼は毎日ひそかに桜の森へでかけて蕾《つぼみ》のふくらみをはかっていました。あと三日、彼は出発を急ぐ女に言いました。

「お前に支度の面倒があるものかね」と女は眉をよせました。「じらさないでおくれ。都が私をよんでいるのだよ」

「それでも約束があるからね」

「お前がかえ。この山奥に約束した誰がいるのさ」

「それは誰もいないけれども、ね。けれども、約束があるのだよ」

「それはマア珍しいことがあるものだねえ。誰もいなくって誰と約束するのだえ」

男は嘘がつけなくなりました。

「桜の花が咲くのだよ」

「桜の花と約束したのかえ」

「桜の花が咲くから、それを見てから出掛けなければならないのだよ」

「どういうわけで」

「桜の森の下へ行ってみなければならないからだよ」

「だから、なぜ行って見なければならないのよ」

「花が咲くからだよ」

「花が咲くから、なぜさ」

「花の下は冷めたい風がはりつめているからだよ」

「花の下にかえ」

「花の下は涯《はて》がないからだよ」

「花の下がかえ」

男は分らなくなってクシャクシャしました。

「私も花の下へ連れて行っておくれ」

「それは、だめだ」

男はキッパリ言いました。

「一人でなくちゃ、だめなんだ」

女は苦笑しました。

男は苦笑というものを始めて見ました。そんな意地の悪い笑いを彼は今まで知らなかったのでした。そしてそれを彼は「意地の悪い」という風には判断せずに、刀で斬っても斬れないように、と判断しました。その証拠には、苦笑は彼の頭にハンを捺《お》したように刻みつけられてしまったからです。それは刀の刃のように思いだすたびにチクチク頭をきりました。そして彼がそれを斬ることはできないのでした。

三日目がきました。

彼はひそかに出かけました。桜の森は満開でした。一足ふみこむとき、彼は女の苦笑を思いだしました。それは今までに覚えのない鋭さで頭を斬りました。それだけでもう彼は混乱していました。花の下の冷めたさは涯のない四方からドッと押し寄せてきました。彼の身体は忽《たちま》ちその風に吹きさらされて透明になり、四方の風はゴウゴウと吹き通り、すでに風だけがはりつめているのでした。彼の声のみが叫びました。彼は走りました。何という虚空でしょう。彼は泣き、祈り、もがき、ただ逃げ去ろうとしていました。そして、花の下をぬけだしたことが分ったとき、夢の中から我にかえった同じ気持を見出しました。夢と違っていることは、本当に息も絶え絶えになっている身の苦しさでありました。

＊

男と女とビッコの女は都に住みはじめました。

男は夜毎に女の命じる邸宅へ忍び入りました。着物や宝石や装身具も持ちだしましたが、それのみが女の心を充たす物ではありませんでした。女の何より欲しがるものは、その家に住む人の首でした。

彼等の家にはすでに何十の邸宅の首が集められていました。部屋の四方の衝立《ついたて》に仕切られて首は並べられ、ある首はつるされ、男には首の数が多すぎてどれがどれやら分らなくとも、女は一々覚えており、すでに毛がぬけ、肉がくさり、白骨になっても、どこのたれということを覚えていました。男やビッコの女が首の場所を変えると怒り、ここはどこの家族、ここは誰の家族とやかましく言いました。

女は毎日首遊びをしました。首は家来をつれて散歩にでます。首の家族へ別の首の家族が遊びに来ます。首が恋をします。女の首が男の首をふり、又、男の首が女の首をすてて女の首を泣かせることもありました。

姫君の首は大納言の首にだまされました。大納言の首は月のない夜、姫君の首の恋する人の首のふりをして忍んで行って契《ちぎ》りを結びます。契りの後に姫君の首が気がつきます。姫君の首は大納言の首を憎むことができず我が身のさだめの悲しさに泣いて、尼になるのでした。すると大納言の首は尼寺へ行って、尼になった姫君の首を犯します。姫君の首は死のうとしますが大納言のささやきに負けて尼寺を逃げて山科《やましな》の里へかくれて大納言の首のかこい者となって髪の毛を生やします。姫君の首も大納言の首ももはや毛がぬけ肉がくさりウジ虫がわき骨がのぞけていました。二人の首は酒もりをして恋にたわぶれ、歯の骨と歯の骨と嚙み合ってカチカチ鳴り、くさった肉がペチャペチャくっつき合い鼻もつぶれ目の玉もくりぬけていました。

ペチャペチャとくッつき二人の顔の形がくずれるたびに女は大喜びで、けたたましく笑いさざめきました。

「ほれ、ホッペタを食べてやりなさい。ああおいしい。姫君の喉もたべてやりましょう。

ハイ、目の玉もかじりましょう。すすってやりましょうね。ハイ、ペロペロ。アラ、おいしいね。もう、たまらないのよ、ねえ、ほら、ウンとかじりついてやれ」

女はカラカラ笑います。綺麗《きれい》な澄んだ笑い声です。薄い陶器が鳴るような爽やかな声でした。

坊主の首もありました。坊主の首は女に憎がられていました。いつも悪い役をふられ、憎まれて、嬲《なぶ》り殺しにされたり、役人に処刑されたりしました。坊主の首は首になって後に却《かえ》って毛が生え、やがてその毛もぬけてくさりはて、白骨になりました。白骨になると、女は別の坊主の首を持ってくるように命じました。新しい坊主の首はまだうら若い水々しい稚子《ちご》の美しさが残っていました。女はよろこんで机にのせ酒をふくませ頰ずりして舐《な》めたりくすぐったりしましたが、じきあきました。

「もっと太った憎たらしい首よ」

女は命じました。男は面倒になって五ツほどブラさげて来ました。ヨボヨボの老僧の首も、眉の太い頰っぺたの厚い、蛙《かえる》がしがみついているような鼻の形の顔もありました。耳のとがった馬のような坊主の首も、ひどく神妙な首の坊主もあります。けれども女の気に入ったのは一つでした。それは五十ぐらいの大坊主の首で、ブ男で目尻がたれ、頰がたるみ、唇が厚くて、その重さで口があいているようなだらしのない首でした。女はたれた目尻の両端を両手の指の先で押えて、クリクリと吊りあげて廻したり、獅子鼻《ししばな》の孔《あな》へ二本の棒をさしこんだり、逆さに立ててころがしたり、だきしめて自分のお乳を厚い唇の間へ押しこんでシャブらせたりして大笑いしました。けれどもじきにあきました。

美しい娘の首がありました。清らかな静かな高貴な首でした。子供っぽくて、そのくせ死んだ顔ですから妙に大人びた憂いがあり、閉じられたマブタの奥に楽しい思いも悲しい思いもマセた思いも一度にゴッちゃに隠されているようでした。女はその首を自分の娘か妹のように可愛がりました。黒い髪の毛をすいてやり、顔にお化粧してやりました。ああでもない、こうでもないと念を入れて、花の香りのむらだつようなやさしい顔が浮きあがりました。

娘の首のために、一人の若い貴公子の首が必要でした。貴公子の首も念入りにお化粧され、二人の若者の首は燃え狂うような恋の遊びにふけります。すねたり、怒ったり、憎んだり、嘘をついたり、だましたり、悲しい顔をしてみせたり、けれども二人の情熱が一度に燃えあがるときは一人の火がめいめい他の一人を焼きこがしてどっちも焼かれて舞いあがる火焔になって燃えまじりました。けれども間もなく悪侍だの色好みの大人だの悪僧だの汚い首が邪魔にでて、貴公子の首は蹴られて打たれたあげくに殺されて、右から左から前から後から汚い首がゴチャゴチャ娘に挑みかかって、娘の首には汚い首の腐った肉がへばりつき、牙のような歯に食いつかれ、鼻の先が欠けたり、毛がむしられたりします。すると女は娘の首を針でつついて穴をあけ、小刀で切ったり、えぐったり、誰の首よりも汚らしい目も当てられない首にして投げだすのでした。

男は都を嫌いました。都の珍らしさも馴れてしまうと、なじめない気持ばかりが残りました。彼も都では人並に水干《すいかん》を着ても脛《すね》をだして歩いていました。白昼は刀をさすことも出来ません。市へ買物に行かなければなりませんし、白首のいる居酒屋で酒をのんでも金を払わねばなりません。市の商人は彼をなぶりました。野菜をつんで売りにくる田舎女も子供までなぶりました。白首も彼を笑いました。都では貴族は牛車で道のまんなかを通ります。水干をきた跣足《はだし》の家来はたいがいふるまい酒に顔を赤くして威張りちらして歩いて行きました。彼はマヌケだのバカだのノロマだのと市でも路上でもお寺の庭でも怒鳴られました。それでもうそれぐらいのことには腹が立たなくなっていました。

男は何よりも退屈に苦しみました。人間共というものは退屈なものだ、と彼はつくづく思いました。彼はつまり人間がうるさいのでした。大きな犬が歩いていると、小さな犬が吠えます。男は吠えられる犬のようなものでした。彼はひがんだり嫉《ねた》んだりすねたり考えたりすることが嫌いでした。山の獣や樹や川や鳥はうるさくはなかったがな、と彼は思いました。

「都は退屈なところだなア」と彼はビッコの女に言いました。「お前は山へ帰りたいと思わないか」

「私は都は退屈ではないからね」

とビッコの女は答えました。ビッコの女は一日中料理をこしらえ洗濯し近所の人達とお喋《しゃべ》りしていました。

「都ではお喋りができるから退屈しないよ。私は山は退屈で嫌いさ」

「お前はお喋りが退屈でないのか」

「あたりまえさ。誰だって喋っていれば退屈しないものだよ」

「俺は喋れば喋るほど退屈するのになあ」

「お前は喋らないから退屈なのさ」

「そんなことがあるものか。喋ると退屈するから喋らないのだ」

「でも喋ってごらんよ。きっと退屈を忘れるから」

「何を」

「何でも喋りたいことをさ」

「喋りたいことなんかあるものか」

男はいまいましがってアクビをしました。

都にも山がありました。然し、山の上には寺があったり庵《いおり》があったり、そして、そこには却って多くの人の往来がありました。山から都が一目に見えます。なんというたくさんの家だろう。そして、なんという汚い眺めだろう、と思いました。

彼は毎晩人を殺していることを昼は殆《ほとん》ど忘れていました。なぜなら彼は人を殺すことにも退屈しているからでした。何も興味はありません。刀で叩くと首がポロリと落ちているだけでした。首はやわらかいものでした。骨の手応えはまったく感じることがないもので、大根を斬るのと同じようなものでした。その首の重さの方が彼には余程意外でした。

彼には女の気持が分るような気がしました。鐘つき堂では一人の坊主がヤケになって鐘をついています。何というバカげたことをやるのだろうと彼は思いました。何をやりだすか分りません。こういう奴等と顔を見合って暮すとしたら、俺でも奴等を首にして一緒に暮すことを選ぶだろうさ、と思うのでした。

けれども彼は女の欲望にキリがないので、そのことにも退屈していたのでした。女の欲望は、いわば常にキリもなく空を直線に飛びつづけている鳥のようなものでした。休むひまなく常に直線に飛びつづけているのです。その鳥は疲れません。常に爽快に風をきり、スイスイと小気味よく無限に飛びつづけているのでした。

けれども彼はただの鳥でした。枝から枝を飛び廻り、たまに谷を渉《わた》るぐらいがせいぜいで、枝にとまってうたたねしている梟にも似ていました。彼は敏捷《びんしょう》でした。全身がよく動き、よく歩き、動作は生き生きしていました。彼の心は然し尻の重たい鳥なのでした。彼は無限に直線に飛ぶことなどは思いもよらないのです。

男は山の上から都の空を眺めています。その空を一羽の鳥が直線に飛んで行きます。空は昼から夜になり、夜から昼になり、無限の明暗がくりかえしつづきます。その涯に何もなくいつまでたってもただ無限の明暗があるだけ、男は無限を事実に於《おい》て納得することができません。その先の日、その先の日、その又先の日、明暗の無限のくりかえしを考えます。彼の頭は割れそうになりました。それは考えの疲れでなしに、考えの苦しさのためでした。

家へ帰ると、女はいつものように首遊びに耽《ふけ》っていました。彼の姿を見ると、女は待ち構えていたのでした。

「今夜は白拍子《しらびょうし》の首を持ってきておくれ。とびきり美しい白拍子の首だよ。舞いを舞わせるのだから。私が今様《いまよう》を唄ってきかせてあげるよ」

男はさっき山の上から見つめていた無限の明暗を思いだそうとしました。この部屋があのいつまでも涯のない無限の明暗のくりかえしの空の筈《はず》ですが、それはもう思いだすことができません。そして女は鳥ではなしに、やっぱり美しいいつもの女でありました。けれども彼は答えました。

「俺は厭だよ」

女はびっくりしました。そのあげくに笑いだしました。

「おやおや。お前も臆病風に吹かれたの。お前もただの弱虫ね」

「そんな弱虫じゃないのだ」

「じゃ、何さ」

「キリがないから厭になったのさ」

「あら、おかしいね。なんでもキリがないものよ。毎日毎日ごはんを食べて、キリがないじゃないか。毎日毎日ねむって、キリがないじゃないか」

「それと違うのだ」

「どんな風に違うのよ」

男は返事につまりました。けれども違うと思いました。それで言いくるめられる苦しさを逃れて外へ出ました。

「白拍子の首をもっておいで」

女の声が後から呼びかけましたが、彼は答えませんでした。

彼はなぜ、どんな風に違うのだろうと考えましたが分りません。だんだん夜になりました。彼は又山の上へ登りました。もう空も見えなくなっていました。

彼は気がつくと、空が落ちてくることを考えていました。空が落ちてきます。彼は首をしめつけられるように苦しんでいました。それは女を殺すことでした。

空の無限の明暗を走りつづけることは、女を殺すことによって、とめることができます。そして、空は落ちてきます。彼はホッとすることができます。然し、彼の心臓には孔があいているのでした。彼の胸から鳥の姿が飛び去り、掻き消えているのでした。

あの女が俺なんだろうか？　そして空を無限に直線に飛ぶ鳥が俺自身だったのだろうか？　と彼は疑りました。女を殺すと、俺を殺してしまうのだろうか。俺は何を考えているのだろう？

なぜ空を落さねばならないのだか、それも分らなくなっていました。あらゆる想念が捉えがたいものでありました。そして想念のひいたあとに残るものは苦痛のみでした。夜が明けました。彼は女のいる家へ戻る勇気が失われていました。そして数日、山中をさまよいました。

ある朝、目がさめると、彼は桜の花の下にねていました。その桜の木は一本でした。桜の木は満開でした。彼は驚いて飛び起きましたが、それは逃げだすためではありません。なぜなら、たった一本の桜の木でしたから。彼は鈴鹿の山の桜の森のことを突然思いだしていたのでした。あの山の桜の森も花盛りにちがいありません。彼はなつかしさに吾《われ》を忘れ、深い物思いに沈みました。

山へ帰ろう。山へ帰るのだ。なぜこの単純なことを忘れていたのだろう？　そして、なぜ空を落すことなどを考え耽っていたのだろう？　彼は悪夢のさめた思いがしました。救われた思いがしました。今までその知覚まで失っていた山の早春の匂いが身にせまって強く冷めたく分るのでした。

男は家へ帰りました。

女は嬉しげに彼を迎えました。

「どこへ行っていたのさ。無理なことを言ってお前を苦しめてすまなかったわね。でも、お前がいなくなってからの私の淋しさを察しておくれな」

女がこんなにやさしいことは今までにないことでした。男の胸は痛みました。もうすこしで彼の決意はとけて消えてしまいそうです。けれども彼は思い決しました。

「俺は山へ帰ることにしたよ」

「私を残してかえ。そんなむごたらしいことがどうしてお前の心に棲《す》むようになったのだろう」

女の眼は怒りに燃えました。その顔は裏切られた口惜しさで一ぱいでした。

「お前はいつからそんな薄情者になったのよ」

「だからさ。俺は都がきらいなんだ」

「私という者がいてもかえ」

「俺は都に住んでいたくないだけなんだ」

「でも、私がいるじゃないか。お前は私が嫌いになったのかえ。私はお前のいない留守はお前のことばかり考えていたのだよ」

女の目に涙の滴《しずく》が宿りました。女の目に涙の宿ったのは始めてのことでした。女の顔にはもはや怒りは消えていました。つれなさを恨《うら》む切なさのみが溢《あふ》れていました。

「だってお前は都でなきゃ住むことができないのだろう。俺は山でなきゃ住んでいられないのだ」

「私はお前と一緒でなきゃ生きていられないのだよ。私の思いがお前には分らないのかねえ」

「でも俺は山でなきゃ住んでいられないのだぜ」

「だから、お前が山へ帰るなら、私も一緒に山へ帰るよ。私はたとえ一日でもお前と離れて生きていられないのだもの」

女の目は涙にぬれていました。男の胸に顔を押しあてて熱い涙をながしました。涙の熱さは男の胸にしみました。

たしかに、女は男なしでは生きられなくなっていました。新しい首は女のいのちでした。そしてその首を女のためにもたらす者は彼の外にはなかったからです。彼は女の一部でした。女はそれを放すわけにいきません。男のノスタルジイがみたされたとき、再び都へつれもどす確信が女にはあるのでした。

「でもお前は山で暮せるかえ」

「お前と一緒ならどこででも暮すことができるよ」

「山にはお前の欲しがるような首がないのだぜ」

「お前と首と、どっちか一つを選ばなければならないなら、私は首をあきらめるよ」

夢ではないかと男は疑りました。あまり嬉しすぎて信じられないからでした。夢にすらこんな願ってもないことは考えることが出来なかったのでした。

彼の胸は新な希望でいっぱいでした。その訪れは唐突で乱暴で、今のさっき迄の苦しい思いが、もはや捉えがたい彼方《かなた》へ距《へだ》てられていました。彼はこんなにやさしくはなかった昨日までの女のことも忘れました。今と明日があるだけでした。

二人は直ちに出発しました。ビッコの女は残すことにしました。そして出発のとき、女はビッコの女に向って、じき帰ってくるから待っておいで、とひそかに言い残しました。

＊

目の前に昔の山々の姿が現れました。呼べば答えるようでした。旧道をとることにしました。その道はもう踏む人がなく、道の姿は消え失せて、ただの林、ただの山坂になっていました。その道を行くと、桜の森の下を通ることになるのでした。

「背負っておくれ。こんな道のない山坂は私は歩くことができないよ」

「ああ、いいとも」

男は軽々と女を背負いました。

男は始めて女を得た日のことを思いだしました。その日も彼は女を背負って峠のあちら側の山径《やまみち》を登ったのでした。その日も幸せで一ぱいでしたが、今日の幸せはさらに豊かなものでした。

「はじめてお前に会った日もオンブして貰ったわね」

と、女も思いだして、言いました。

「俺もそれを思いだしていたのだぜ」

男は嬉しそうに笑いました。

「ほら、見えるだろう。あれがみんな俺の山だ。谷も木も鳥も雲まで俺の山さ。山はいいなあ。走ってみたくなるじゃないか。都ではそんなことはなかったからな」

「始めての日はオンブしてお前を走らせたものだったわね」

「ほんとだ。ずいぶん疲れて、目がまわったものさ」

男は桜の森の花ざかりを忘れてはいませんでした。然し、この幸福な日に、あの森の花ざかりの下が何ほどのものでしょうか。彼は怖れていませんでした。

そして桜の森が彼の眼前に現れてきました。まさしく一面の満開でした。風に吹かれた花びらがパラパラと落ちています。土肌の上は一面に花びらがしかれていました。この花びらはどこから落ちてきたのだろう？　なぜなら、花びらの一ひらが落ちたとも思われぬ満開の花のふさが見はるかす頭上にひろがっているからでした。

男は満開の花の下へ歩きこみました。あたりはひっそりと、だんだん冷めたくなるようでした。彼はふと女の手が冷めたくなっているのに気がつきました。俄に不安になりました。とっさに彼は分りました。女が鬼であることを。突然どッという冷めたい風が花の下の四方の涯から吹きよせていました。

男の背中にしがみついているのは、全身が紫色の顔の大きな老婆でした。その口は耳までさけ、ちぢくれた髪の毛は緑でした。男は走りました。振り落そうとしました。鬼の手に力がこもり彼の喉にくいこみました。彼の目は見えなくなろうとしました。彼は夢中でした。全身の力をこめて鬼の手をゆるめました。その手の隙間から首をぬくと、背中をすべって、どさりと鬼は落ちました。今度は彼が鬼に組みつく番でした。鬼の首をしめました。そして彼がふと気付いたとき、彼は全身の力をこめて女の首をしめつけ、そして女はすでに息絶えていました。

彼の目は霞《かす》んでいました。彼はより大きく目を見開くことを試みましたが、それによって視覚が戻ってきたように感じることができませんでした。なぜなら、彼のしめ殺したのはさっきと変らず矢張り女で、同じ女の屍体《したい》がそこに在るばかりだからでありました。

彼の呼吸はとまりました。彼の力も、彼の思念も、すべてが同時にとまりました。女の屍体の上には、すでに幾つかの桜の花びらが落ちてきました。彼は女をゆさぶりました。呼びました。抱きました。徒労でした。彼はワッと泣きふしました。たぶん彼がこの山に住みついてから、この日まで、泣いたことはなかったでしょう。そして彼が自然に我にかえったとき、彼の背には白い花びらがつもっていました。

そこは桜の森のちょうどまんなかのあたりでした。四方の涯は花にかくれて奥が見えませんでした。日頃のような怖れや不安は消えていました。花の涯から吹きよせる冷めたい風もありません。ただひっそりと、そしてひそひそと、花びらが散りつづけているばかりでした。彼は始めて桜の森の満開の下に坐っていました。いつまでもそこに坐っていることができます。彼はもう帰るところがないのですから。

桜の森の満開の下の秘密は誰にも今も分りません。あるいは「孤独」というものであったかも知れません。なぜなら、男はもはや孤独を怖れる必要がなかったのです。彼自らが孤独自体でありました。

彼は始めて四方を見廻しました。頭上に花がありました。その下にひっそりと無限の虚空がみちていました。ひそひそと花が降ります。それだけのことです。外には何の秘密もないのでした。

ほど経て彼はただ一つのなまあたたかな何物かを感じました。そしてそれが彼自身の胸の悲しみであることに気がつきました。花と虚空の冴えた冷めたさにつつまれて、ほのあたたかいふくらみが、すこしずつ分りかけてくるのでした。

彼は女の顔の上の花びらをとってやろうとしました。彼の手が女の顔にとどこうとした時に、何か変ったことが起ったように思われました。すると、彼の手の下には降りつもった花びらばかりで、女の姿は掻き消えてただ幾つかの花びらになっていました。そして、その花びらを掻き分けようとした彼の手も彼の身体も延した時にはもはや消えていました。あとに花びらと、冷めたい虚空がはりつめているばかりでした。

（『肉体』一九四七・六）

跋

四月はかならずやってくる

西崎憲

四月は四月一日からはじまる。そう決まっている。四月は三日からはじまったりはしない。月の最初の日は一日《ついたち》と決まっていて、それは自明なことである。しかし終わりのほうはどうだろう。月の終わりには四種類あって、二十八日と二十九日と二月だけでもふたつある。それも自明なことだろうか。少なくともわたしにはそうは見えない。その流動性には恣意性を感じてしまう。閏《うるう》月が二月になっているのはなぜか、ほかの月ではいけないのか、七月と八月で三十一日の月がつづくのはいったいどういう理由なのか。

しかしまあ暦には暦の事情があるのだろう。それにこれほど固定化しているものを難じてもあまり意味がないし、人の「恣意」もむやみに攻撃の対象にしていいものではない。そもそも世界は恣意の集積である。論理の集積ではなく。そして生きる意味のようなものはおそらく恣意が担っていて、それは正確性や論理の隙間や空白に寄ってきてそこをしばし棲み処とする――そんなふうにわたしには思える。そうでなかったら人はペットを飼ったり、休日にフルートを吹いたりはしないはずだ。ペットなどというものはすぐ死んでしまうものだし、音楽に時間を割いてなんの得があるだろう。

本書は四月の本であり、舞台や背景あるいはモティーフとして四月が選ばれている作品が収録されている。

暦の月にも世のことごとくのようにヒエラルキーがあり、筆頭はおそらく正月のある一月だろう。なにしろ一年のはじめであり、端緒というものに人間は古来から高い価値を与えてきた。

そして二番目はおそらく四月だ。たぶんそれは社会的な理由によってそうなっている。四月には入学や入社がある。もしかしたらここにも端緒という意識が作用しているかもしれない。新しい環境ではかれら彼女らは「新人」と呼ばれる。その語は環境側、外側にある視点から生じている。本人自身が新しいわけではない。

さらに四月の「新しさ」は日本人にとって特殊な花である桜と強く関連づけられている。しかしそれを指摘するならば、三月の卒業にも触れるべきか。桜は卒業と入学どちらにも関係していて、卒業は所属組織での死であり、入学は所属組織での誕生つまり生である。

しかし桜はそれ以前にすでに死や生のイメージと結びついているようでもある。おそらくそれは開花している時間が短いせいだろう。ひとはその短さや風や雨への耐性のなさに儚さを観る。花片《はなびら》は散っても桜の木自体が死ぬわけではないので、それは見る側の感傷なのだが。

四月の固有性にはじめて目を惹かれたのはサイモン&ガーファンクルの「四月になれば彼女は」という曲を聴いたときだった。その曲には大いに感銘を受けたが、子供心になぜ四月なのだろうとも思った。八月や十二月ではいけないのだろうかという疑問。

いま歌詞を確認してみると冒頭の一連は以下のような内容である（拙訳）。

四月　彼女はやってくるだろう
小川が雨でふくらんで勢いをますころ
五月　彼女はここにいることにするだろう
ぼくの腕のなかでふたたびやすらう

この曲の歌詞は郭公《かっこう》のことを歌った古謡を元に書かれたらしい。だとすると四月にやってくるsheには郭公のイメージが含まれているのだろうか。April Come She Willは一九六五年にニューヨークの五十二番街にあるコロンビアスタジオで録音された。作詞と作曲は稀な音楽的資質をそなえたユダヤ系のポール・サイモンだった。

同じ一九六五年の一月、モダニズムの中心人物のひとりである詩人のトーマス・スターンズ・エリオットが亡くなっている。文学史上もっとも有名な四月はエリオットの詩の一節中のそれだろう。「四月は残酷な月」。エリオットはイングランド南西のサマーセットの小村イーストコーカーで没している。七十六歳だった。

イーストコーカーから車で一時間あまり北上すると人口五十万弱の港湾都市ブ

リストルに到着する。同市には十九世紀末からブリストル・シティー・フットボールクラブというサッカーのクラブが存在し、一九三四年に工業都市のクラブ、コヴェントリー・シティーに歴史的大敗を喫している。スコアーは九対〇で、四月二十八日のことだった。

同じ一九三四年の一月、前年にフランスから帰国していた久生十蘭は、のちに「ノンシャラン道中記」としてまとめられる連作中の一作「八人の小悪魔」を『新青年』一月号に寄稿する。十蘭は四月生まれであった。

吉田健一の誕生日は戸籍上は四月一日だった。

四月に生まれたフランス人にはエミール・ゾラやシャルル・ボードレール、ギュスターヴ・モローがいる。著名な写真家ロベール・ドアノーも四月生まれである。ドアノーは亡くなったのも四月だった。

ドアノーのもっとも有名な写真「市庁舎前のキス」は演出されたもので、市庁舎前の人の流れのなかでキスをしていたふたりの美しい人物は俳優だった。その写真の存在を教えてくれたのは姉だった。それがきっかけになってわたしは写真に興味を抱いた。

二十八年後、落ち着いた物腰の編集者がやってくる。そしてさまざまな四月を一冊にまとめないかと提案をする。

四月という月がそれのみで人をなにかに向かわせるということはないのかもしれない。しかしわたしの四月はあなたの四月にかかわりがある。あなたの四月はかれや彼女の四月とかかわりがある。四月は冬の寒さの記憶を遠ざけ、空から光をそそぐ。光は草花に反射し、この世界の細部をさらに照らす。細部はみな小さい四月である。小さく明るい四月たちはそして四月を旅立つ。五月に向かうのだ。

著訳者略歴

泉鏡花（いずみ・きょうか）
小説家。一八七三年生。小説に「外科室」「高野聖」「歌行燈」など。一九三九年没。

太宰治（だざい・おさむ）
小説家。一九〇九年生。小説に「女生徒」「斜陽」「人間失格」など。一九四八年没。

北川冬彦（きたがわ・ふゆひこ）
詩人、映画評論家。一九〇〇年生。北園克衛らと詩雑誌「詩と詩論」創刊に参加。詩集に「三半規管喪失」など。一九九〇年没。

獅子文六（しし・ぶんろく）
小説家、劇作家。一八九三年生。フランスで演劇理論を学び、ユーモアとエスプリに富んだ作風で人気を博する。小説に「自由学校」「娘と私」など。一九六九年没。なお本書収録作「四月の蕾」の作品末に名が記されているベルナール・ジンメル（Bernard Zimmer）はフランスの劇作家、脚本家。一八九三年生。一九六四年没。

日夏耿之介（ひなつ・こうのすけ）
詩人、英文学者。一八九〇年生。詩集に「転身の頌」「黒衣聖母」など。一九七一年没。

堀辰雄（ほり・たつお）
小説家。一九〇四年生。小説に「聖家族」「風立ちぬ」「美しい村」など。一九五三年没。

中井英夫（なかい・ひでお）
小説家、短歌編集者、詩人。一九二二年生。小説に「虚無への供物」「悪夢の骨牌」など。一九九三年没。

村山槐多（むらやま・かいた）
詩人。一八九六年生。血のように赤いガランスを好んだ画家でもある。結核性肺炎を患い、スペイン風邪に罹患した身で悪天候の戸外へ飛び出したことが元で一九一九年没。享年二四（満二二歳）。没後に詩や戯曲を収めた「槐多の歌へる」刊行。

鏑木清方（かぶらき・きよかた）
浮世絵師、日本画家、随筆家。一八七八年生。随筆集に「こしかたの記」など。一九七二年没。

渡辺温（わたなべ・おん）
小説家。一九〇二年生。小説に「アンドロギュノスの裔」など。横溝正史に抜擢され雑誌「新青年」の編集助手として博文館に入社、モーニングにシルクハット姿で通った。一九三〇年に自動車事故で死去。享年二九（満二七歳）。本書収録作「四月馬鹿」が絶筆となった。

吉田健一（よしだ・けんいち）
評論家、英文学者、小説家。一九一二年生。著書に「文学概論」「ヨオロッパの世紀末」など。一九七七年没。

T・S・エリオット（Thomas Stearns Eliot）
イギリスの詩人。一八八八年生。詩に「荒地」、詩劇に「寺院の殺人」など。一九六五年没。

尾崎一雄（おざき・かずお）
小説家。一八九九年生。小説に「暢気眼鏡」「虫のいろいろ」など。大病を患い、生活苦の中で死を見つめた作品を執筆した。一九八三年没。

宮沢賢治（みやざわ・けんじ）
詩人、童話作家。一八九六年生。詩集に「春と修羅」、童話に「銀河鉄道の夜」など。一九三三年没。

水野葉舟（みずの・ようしゅう）
歌人、詩人、小説家、随筆家、心霊現象研究家。一八八三年生。歌集に「滴瀝」など。柳田國男と親交を持ち「遠野物語」の成立に絶大な影響を及ぼしたことでも知られる。一九四七年没。

ロアルド・ダール（Roald Dahl）
イギリスの小説家。一九一六年生。小説に「チョコレート工場の秘密」など。一九九〇年没。

田口俊樹（たぐち・としき）
英米文学翻訳家。一九五〇年生。翻訳にケイン「郵便配達は二度ベルを鳴らす」チャンドラー「長い別れ」など。

ギュスターヴ・カーン（Gustave Kahn）
フランスの詩人、小説家、評論家。一八五九年生。編集者としてランボー、ラフォルグらを紹介し、美術評論家としても活躍した。詩集に「絵本」、小説に「狂王」など。一九三六年没。

永井荷風（ながい・かふう）
小説家。一八七九年生。小説に「ふらんす物語」「雨瀟瀟」「濹東綺譚」など。一九五九年没。

久生十蘭（ひさお・じゅうらん）
小説家。一九〇二年生。小説に「母子像」「魔都」「肌色の月」など。一九五七年没。

片山廣子（かたやま・ひろこ）
歌人、随筆家、翻訳家。一八七八年生。歌集に「翡翠」、随筆に「燈火節」など。松村みね子名義でのアイルランド文学翻訳や芥川龍之介に影響を与えたことでも知られる。一九五七年没。

山川方夫（やまかわ・まさお）
小説家。一九三〇年生。小説に「演技の果て」「夏の葬列」など。戦後の青春と死の不条理を都会的な作風で描き、小説「お守り」の翻訳が「LIFE」に掲載されるなど国際的な活躍が期待される中、一九六五年に交通事故で死去。享年三六（満三四歳）。

坂口安吾（さかぐち・あんご）
小説家、随筆家。一九〇六年生。小説に「白痴」、随筆に「堕落論」など。一九五五年没。本書収録作「桜の森の満開の下」は一九四五年四月、東京大空襲に遭った際に見た桜の光景が投影されているとされる。（参考：浅子逸男「「桜の森の満開の下」について」『花園大学文学部研究紀要』二〇二一・三）

底本一覧

泉鏡花「月令十二態」――『鏡花全集　巻二十七』（岩波書店、一九七六・一）
太宰治「春昼」――『太宰治全集　11』（筑摩書房、一九九九・三）
北川冬彦「四月」――『北川冬彦全詩集』（沖積舎、一九八八・一）
獅子文六「四月の蕾」――『遊覧列車』（改造社、一九三六・一）
日夏耿之介「鷗外先生の墓に詣づるの記」――『日夏耿之介全集　第八巻』（河出書房新社、一九九一・一一）
堀辰雄「春日遅々」――『堀辰雄全集　第三巻』（筑摩書房、一九七七・一一）
中井英夫「牧神の春」――『中井英夫全集　3　とらんぷ譚』（東京創元社、二〇〇四・九）
村山槐多「四月短章」――『槐多の歌へる』（山崎省三編、アルス、一九二〇・六）
鏑木清方「褪春記」――『鏑木清方文集　四　春夏秋冬』（白凰社、一九七九・三）
渡辺温「四月馬鹿」――『アンドロギュノスの裔　渡辺温全集』（東京創元社、二〇一一・八）
吉田健一「イギリスの春と春の詩」――『The Youth's companion』（日本英語教育協会、一九五八・四）
T・S・エリオット／吉田健一訳「死人の埋葬」（「荒地」より）――『エリオット選集　第四巻』（彌生書房、一九六八・二）
尾崎一雄「美しい墓地からの眺め」――『尾崎一雄全集　第三巻』（筑摩書房、一九八二・六）
宮沢賢治「山男の四月」――『【新】校本宮澤賢治全集　第十二巻』（筑摩書房、一九九五・一一）
水野葉舟「かたくり」――『草と人　水野葉舟小品集』（文治堂書店、一九七四・一二）
ロアルド・ダール／田口俊樹訳「ギャロッピング・フォックスリー」――『あなたに似た人〔新訳版〕Ｉ』（早川書房、二〇一七・七）
ギュスターヴ・カーン／永井荷風訳「四月」――『荷風全集　第九巻』（岩波書店、一九九三・五）
久生十蘭「春雪」――『定本久生十蘭全集　7』（国書刊行会、二〇一〇・七）
片山廣子「まどわしの四月」――『燈火節』（暮しの手帖社、一九五三・六）
泉鏡花「若菜のうち」――『鏡花全集　巻二十七』（岩波書店、一九七六・一）
山川方夫「博士の目」――『山川方夫全集　第四巻』（冬樹社、一九六九・九）
坂口安吾「桜の森の満開の下」――『坂口安吾全集　5』（筑摩書房、一九九八・三）

編集付記

本書への収録にあたっては、原文を尊重する見地に立ち、以下の編集方針を採った。

一、旧字旧仮名づかいで書かれた作品は原則として新字新仮名づかいに改めた。ただし文語体の作品や、詩歌その他、一部の作品については原文通りの仮名づかいを採用した。

一、明らかな誤記や誤植は、既刊の諸本と校合のうえ訂正した。

一、誤読のおそれのないルビは整理し、難読と思われる漢字にはルビを付した。

一、今日の人権意識に照らして不適切な語句や表現については、作品の歴史性に鑑みて原文のままとした。

一、初出は各作品末に記し、翻訳作品については原題と発表年を記した。

一、底本は別途一覧に記した。

編者略歴

西崎 憲（にしざき・けん）

翻訳家、作家、アンソロジスト。訳書にコッパード『郵便局と蛇』、『ヘミングウェイ短篇集』、『青と緑 ヴァージニア・ウルフ短篇集』など。著書に第十四回ファンタジーノベル大賞受賞作『世界の果ての庭』、『蕃東国年代記』『未知の鳥類がやってくるまで』『全ロック史』『本の幽霊』など。フラワーしげる名義で歌集『ビットとデシベル』『世界学校』。電子書籍や音楽のレーベル〈惑星と口笛〉主宰。音楽家でもある。

12か月の本

4月の本

2025年3月7日 初版第1刷発行

2025年7月24日 初版第2刷発行

著　者———中井英夫・村山槐多・鏑木清方　ほか

編　者———西崎憲

発行者———佐藤丈夫

発行所———株式会社国書刊行会

〒174-0056　東京都板橋区志村1-13-15

TEL 03-5970-7421

FAX 03-5970-7427

URL https://www.kokusho.co.jp

装丁者———岡本洋平（岡本デザイン室）

印刷所———中央精版印刷株式会社

製本所———株式会社ブックアート

ISBN 978-4-336-07737-0　C0090

12か月の本

西崎憲 編

12か月のうちの〈ひと月〉をテーマに
古今東西の小説・詩歌・随筆を集めたアンソロジー。
四季をあじわい、あの作品といま
同じ季節を生きるよろこびをつくる本。
シリーズ全12巻。

5月の本

「美神」三島由紀夫
「五月の唯物観」寺田寅彦
「馬と私」吉屋信子
「日記帳」江戸川乱歩
「最初の舞踏会」レオノーラ・カリントン／澁澤龍彥訳
……ほか全33篇

ISBN 978-4-336-07738-7 C0090 近刊

6月の本

「恐怖」谷崎潤一郎
「赤い縞のあるバラッド」北園克衛
「棒」安部公房
「小町の芍薬」岡本かの子
「物語」アルチュール・ランボー／中原中也訳
……ほか全27篇

ISBN 978-4-336-07739-4 C0090 近刊

……以下続刊

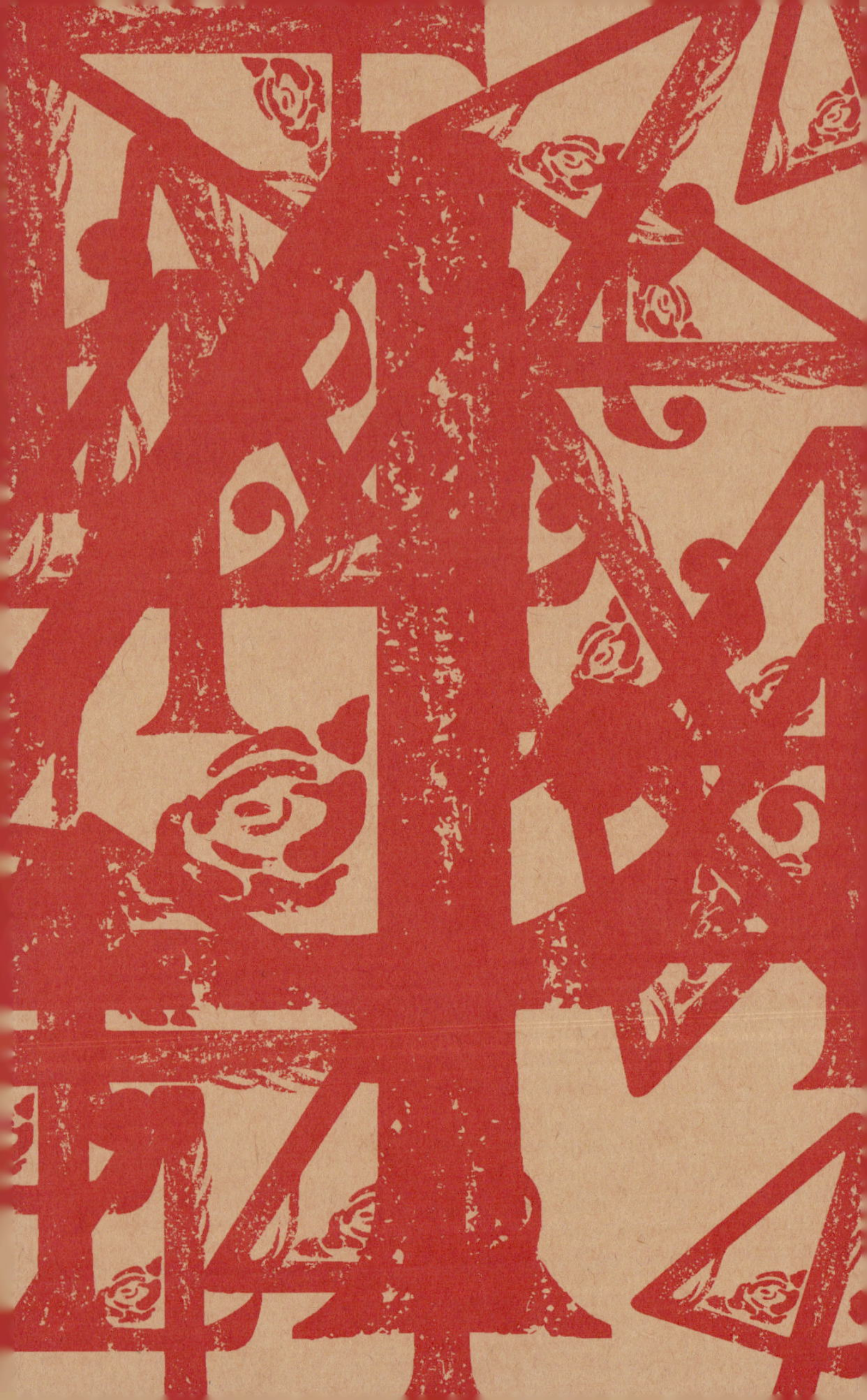